AQUARIUS

AQUARIUS

AQUARIUS

AQUARIUS

每個人心中都有一座島嶼，
藉文字呼息而靜謐，
Island，我們心靈的岸。

你是我最明亮的廢墟

崔舜華——著

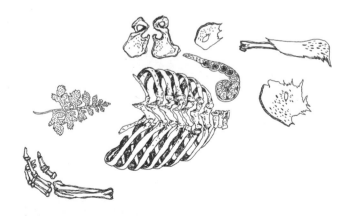

獻給蔡琳森

你是我背上最明亮的廢墟

# 目錄

## 之一　地表生活圖輿

**0**

入夜後我們開始輪流
撥響沙漏的地平弦

檢查幾頁思想
傳遞一手問候語

然後交給第二手
途中打翻幾瓶黑胡椒

以煙塵與雪召喚
我術咒的馬戲班

為了在綠與不綠之間
取得平衡
開始研習園藝

買一打墨水筆
登記失物
印成海報
並且極願意在車站張貼

墨水瓶
鋼筆
羽毛
梧桐葉的乾燥書籤

多年後
再一次搭上那列長途火車
從六點鐘離站

試著寫一些字
讀出聲音
再要一杯熱咖啡
禮貌地讀出女侍的全名：
佩霓雅・居安麗・泰尼亞

懷著合理的期待抵達了房間
在安全島的邊緣謹慎地照面

客客氣氣彷彿初識
從對角互望，心懷奧祕
保持體態清醒

車還未到站
也想烤一張餅
攪起麵粉和水將就攤成
一封信的敬語
向正午致意

那熱便格外適合你
也可以一輩子把祕密揣在懷裏
此後十年穿同一件短袖花襯衣
在地表與地表的縫隙間
摩切商榷

齒列生熱
像一列長長的火車
駛經彼此的舊日風景
但並不靠站

**1**

霧中訪客近謎
你蹲在紅磚小陽臺
專心栽蒔兩人風景

勤快澆水，衡量
雨與露的溫差
忠於清晨五點半
面東向陽

紫蘇贈以少年小捲髮
燈稱花餽以乳白小甜餅

T城L街
22號5樓公寓
廚房與藏書室的潮間帶
熱與光以風影
交錯於45巷的神祕主義

太多櫻草了——
你對著廚房呼喊
——來點兒薄荷
再來點兒梔子酒——

逆時針的漩渦色時間
從六點鐘和解

可以肩抵著肩
一起畫畫
研讀十七世紀的植株學

白天你是一盆杜鵑綠
再沒有甚麼更逼近快樂

你剪下紅色
你收集果殼

此刻蹲在陽臺邊抽著菸斗
接近一種腎蕨灰


**2**
和某人輕易地取得了共識
約在 H 街口
一間露天式咖啡館

——我們不會錯過的
那人說。口袋裏有一張風景明信片
一束開了百年的鳶尾花
曬得發藍的玻璃水瓶
署名寫給馬奎斯

坐在露臺前啜飲
金色濾滴曼特寧的時候
想起知更鳥的腹部
一座柔軟多浪的小海洋

在奶油薄餅與沙拉的邊界
從皺褶地帶
寫一封信到蘇門達臘

為了甚麼而一時衝動
買一張長途船票
前往陌生的熱帶

船開往紅色卡里馬達
赤道線祕密棲息海峽的前額葉

你把腰腹摺疊，臂彎收緊
成為自己唯一的行李

指航針越過白色巴里散
路上人們眼睛是菸草灰

滿街都是版畫般的女人
背脊的曲線像黑色的小提琴

你也開始兇猛地抽菸
煙飄進她們的夢
像一場極短的雨

你也開始做同樣的夢
夢裏，有人轉開收音機
音樂像你嘗過的那種牛膝綠


**3**
後來我們終於願意宣佈
因為迷路而走散這件事情

那件棉麻混織襯衫
到昨天還吊在衣架上
像一把懸掛的馬頭琴

更像一隻泰國橙
在時間的河底哺育
乳房的沼澤地

但衣櫃是不必被打開的
它那麼恐懼潮濕就像
一名內分泌失調的巡哨兵

所有局部器官都忍不住
一種被催熟的慾望

只有眼睛還是生的
你從眼底掉出來
酸而且硬
像淚

你慎重地衡量里程數
挑選領帶，一尾一尾
黑針織灰牛仔綠絲緞玫瑰綢

扭擺蠕跳活色生香
你馴養的蛇群與你

悉心豢養的語音導航
嗯我們談到洞窟總是難以避免
我不騙你，就讓你給我許多

聲音——譬如你說：
刀。就把你握在掌心
彷彿初次見面
禮貌地交換香菸，並肩坐下

或者我吻了你一下
把香菸收回口袋
再給你門

六點鐘，開門離開
房間電燈管樓梯衣櫃襪子抽屜除濕劑
31巷12弄7號

離開水銀燈微波餐晚間新聞
離開灰塵梅雨潮濕溽熱離開

一個結打上另一個結
與它們之間無縫密合的恐怖

恐怖。引起過敏的恐怖
促發饑餓的恐怖的恐怖的恐怖

你離開市場水果街道購物袋香菸稅
離開自己的椅子從腳踝
從肌腱從神經開始

景觀公園的巨大圍籬前
我迷路，街燈慢慢地滅
一次次無心死去

影子的蛾驅趕著光
你是隱蔽於地圖邊緣的城市


**4**


**之I.**
出門前
把鑰匙隨手擱在桌上
回來卻賸一副植物骨骸

是龍鬚蘭，或者石斛草？

若能解開謎底
我們便能一起老去

生活中必要的非必要之惡
例如啤酒泡沫，藥草
例如晚春

可觸摸的一切都像你
你抓起鑰匙
轉身進了隧道

眼看要走
說好不眷戀並且約定
絕對不要對忠誠掉以輕心

雖然依然又轉過了一個街衢
等下一個穿白襯衫的人履行

他的承諾與
其他無數的無數次承諾
來到傍晚
揀一塊磚
路邊坐著抽菸、對錶──
那車六點鐘離站

人們輪流出門丟棄家庭垃圾
不得不感到罷休
不得不暫且罷手


## 之Ⅱ.
站著默數3
反手握住門把　上鎖
模擬一支三拍子的單人Salsa


至於鑰匙該留給誰
才符合所謂「和平分手」的準則呢
這甚至不是一個能被查閱的詞彙
在任何一本經過翻譯的字典裏
逐漸失去它鋸齒狀的發音


像一位相貌神似的遠房表親
攀著姓氏的枝脈窸窣索來


多麼像那部被你形容為
「並非真正傑出」的電影
午夜場關燈前抵達
為你親身示範——

一絡黑蕨葉
一把提琴
一雙鞋。

港口，兀鷹臉的男人
盤桓在售票窗的枝洞前
你獲取目的
你收取船票
任何旅行一開始都能與
找零和諧為伴
對現況毫無異議

從此真正開始旅行
像個收集象牙菸斗的遠洋探險家

多年前那少女是否從閣樓
小窗探見了你的影子
在凌晨四點鐘淹留
空巷，街區，南國。

在每一面紅心磚
每一道石蛇般的龜裂

在縫隙與縫隙
在萵苣耳朵與罌粟唇瓣

在對方面前，彼此之間
聽見她說：
Salsa
Salsa
Salsa


**5**
一支三拍子慢舞
你捨得的
你再清楚不過

春天裏，太多藉口
擁護鎮日抽菸
清晨編雲，向晚造霧
輪流給每株盆栽澆水

在紙上記下待履踐的行事
再把它們分別撕毀

握緊你的幸運數字

立誓開啟另一道門：
普遍的幸福的常日

偶爾有了些勇氣
打開一個盒子
拿出舊信件
一個字一個字地讀

讀到祝你幸福健康有空再見
再一封信一封信摺好放回去

有些事過一陣子再說
像洗淨黃瓜各自刨皮
加糖醃進玻璃瓶

在那之前我們整日坐著
無謂而且高興
無度況且浪費

如此這般直到下午四點鐘
剛好抵達布宜諾斯艾利斯
抬頭就看見小說裏
那個黑頭髮的男人

雨中，他撐一把烏鴉色的傘
踏著奇異的貓步
經過廣場的黃昏


**6**

雨是下得太久了
正好翻出胃腸浣洗
那些談話難以消化

整整一個下午
專心勤奮地工作
讓身體變成一只甕

除了破綻，甚麼也不想
擱在屋簷下漏著雨水
也許能餓
但不太渴

你的親人都在那裏
在醫院
在午夜月蝕的公民廣場

你竊取一批消毒針頭
沿途為每一個友善的陌生人刺青
擁護鎮日抽菸

不久大家分別擁有了新的姓氏
你記得他是草字頭七筆劃的
看上去就像一罐新鮮蜂蜜

人們總覺得欠你更多
所有年輕的親密關係
老了以後都成為同謀

像那些租過同一間公寓
黃金時代的清貧朋友
圍一鍋滾粥，肩勾著肩
打著拍子跳
Salsa
最好的時光總是
比預想遲

你看見草原上一個人揹著傘
像揹著不知不覺老了而瘦的自己
頭也不回地走

不為甚麼就是很想哭

雨水打在手背上
像比較不壞的那種預兆

你突然想起那個夏日清晨
雨季初歇
整片矮合歡欣欣綻放

像一雙最親愛的唇
用最小的音量
挨近耳邊


**7**
你走得太久太接近
邊緣——斜仰
噘起嘴唇
像水邊的蕨葉
醒來發出一個極弱音

她說：uhhhh...
咀嚼字母，音節，隱喻。

你如此熱衷押韻
忍不住渴望一趟旅行

波塔佛科碼頭
你遇見第一個穿吊帶褲的人
約定公正交易
圍著一只二手引擎熱心地講價

但她終於是你的了
你便用藍色的油漆
在她白色的肚腹寫：
My Dear Dear Flamenco Vrgin——
我親愛，親愛的佛朗明哥

你們鎮日抽菸
在陌生的露天市集
販售Ulysses[1]或任何與之押韻的假名

一本護照不如一串新鮮紅毛丹
在仲夏的闌尾被貓偷吻

你多麼希望走得再遠一些
越過一些盡頭

再抵達另一些盡頭

茅枝搭建的小屋裏
織草蓆的女人遞來一把手槍
你收下它緊緊抵住心臟
輕易便要去死

一切已然結束
有甚麼好覺得後悔
你已經這麼強壯
總有某個字眼更適合你
例如「叛變」
或者「畏懼」

時光的珍珠孢囊裏
連雨都是你的外人

---

[1] 尤里西斯，愛爾蘭現代主義作家詹姆斯·喬伊斯小說中之主角。

**8**

一切都是假的
一頭蝸牛在下雨的凌晨
留下微小的影子化石

一朵盛開的牽牛花
從此失散
再也見不到面

房間之外的房間
霧裏面的霧
同居生活裏彼此調侃
打起啞謎

暗中偷換新牌子的漱口水
磨損的肥皂,
牙刷,語言,關係

謊言嘗起來是涼的
吐出來接近薄荷綠
練習入戲,刻意撒謊
保留一尺嗅覺矛盾的身距

愛過但再也無法彼此靠近
仍然擁有最低限度的慾望
像一齣長達五十集的深夜電視劇
最後五分鐘的劇情

對著鏡子
慢慢地張開膝蓋
擬態：柔軟而奇異的蕨

道別的當天
午後又下了雨
多麼厭膩啊真想轉開收音機

星期一，雨停
而我再也不能回頭了

年輕時挽過誰的肩膀
對看大笑著跳起方塊舞

老派仕女的擁抱
麝香獸繞山遁走

**9**

我們一動不動地站了很久
很久地看著下午四點鐘的鐘面

陽光是走，時間是
鞋底瑟縮的碎石

誰拋出啞謎
喚人接應？
不適時務
實在沒趣

在庭院裏舉行慶生派對
樓上的男人緩慢而永久地咳著嗽
用死去妻子的手巾清潔口沫
袖口摩擦另一隻袖口

他是一列亂碼
足以導致靜電
在晚夏的黃昏引發陣雨

讓許多鞋子踩髒另外許多鞋子
因為弄髒對方這件事
大家彷彿都成為永恆的舊識

分別打過同一把鑰匙並且恰好
住過同一間漏水的公寓

在分區停電的九月夜晚
輾轉接遞同一支吸水拖把

輪流傳閱加爾喀達寄來的明信片
然後撕毀

如果那人的確在乎他會再寫一遍
讓我們讀完後撕掉然後再寫一遍

直到每個人都滿意
情願在信末署名

各自分到一小片奶油蛋糕
手挽手旁若無人地當街放起韋瓦第

但你總是要走的。
很久以前曾經有人這樣說過——
但我總是要走的。

至少現在還願意為誰重新來過不是嗎
想想事情比較好的那面接著是星期天


**10**
不久我們學會了「事出湊巧」這句話
嘗試在下雨的日子裏得體地練習

譬如
雨天的車站
我們同時伸手攜著
同一把短柄摺傘

事出豈非湊巧？
至於那傘
更教我們印象深刻

除了斜雨之下右傾打傘
其它方面我們無可避免地意見不合

秋天午後無數次短暫陣雨
我們需要無數短柄摺疊傘無數
「事出湊巧」與無數意見不合

才能擁有一點點從頭來過的可能嗎？
你站在水裏安安靜靜像一把白苦橙
兩手插進口袋搬弄幾枚銅幣

手機，火柴，過期發票
發票背面有人留下聯絡方式
戴白手套的接線生說
非常抱歉您撥的號碼是
空號。

想必事出突然你先走了
也許下回再打過去
你就老了
走在街上踢石子抽著菸

像每個尋常日子裏發生的人情事故
例如那個年輕男人快趕不上自己的婚禮
匆匆攔下一輛計程車卻不小心落下一隻
小牛皮鞣製色號幽靈黑的新鞋

如此這般事出湊巧
但幸好他帶了傘

那傘非常襯他
撐起來
幾乎接近圓滿


**11**

當自己是一盞舊本生燈
年輕時裹著棉被沉默地燒了許久

所有的照明都浪費了
如今只賸下
一些試探

像晚餐後的奶油蛋糕捲
隔桌伸出手臂彼此觸摸

米是鏽的
湯在碗裏

而你是更久以後
才能在一列高速行駛的長途火車上
從旅客置物區領錯了的一袋舊行李

那人提著我的口袋走了一段很遠的路
就這樣帶著半打壓花肥皂一張爵士唱片返回故鄉

下車前我遞了一張紙條
抄下生辰日期和旅館電話

但我沒甚麼可以與他交換
即使我們都極願意再一次

並肩鑽進狹窄的車廂後座
看一場以前看過的午夜露天電影

只記得演員庸俗極了
電影結束前觀眾們無可避免地親吻
根據劇情推測導演
該是個黑頭髮的安那其主義者

散場後讓你開走了車
不遠處年輕女孩低頭掉著眼淚
她說人生就是這樣了
最後只留下她和貓和櫥窗裏一件紅舞裙

## 12

但你寧願花更長的時間蹲坐
一刀一刀削著那枝色鉛筆

太陽潛入蘋果酒瓶底
初秋的光線沿著葡萄的表面滑落

黃昏的描圖紙
留下一道半虹圓

你多久沒哭泣了？
所有你暗自傾慕的
擁有巨大堅硬圓周率的乳房們

她們慢慢展開自己的模樣
像山溪邊的羊齒蕨

你坐在堤防邊慢慢地抽著菸
手裏握著一顆蘋果慢慢地旋轉

你開始搞懂了一點節奏：
一切並不大於一支Salsa

攀越一道一道鐵絲圍籬
掌心握緊一朵溫玫瑰

但這輩子就是這樣了嗎？
寫永不被譯解的詩
永遠為了甚麼人哭泣永遠
在深夜的柏油路奔跑跌倒

但你寧願花非常多的時間忍著渴
一刀一刀地雕著那枚蘋果核


**13**
我在語言的苔層裏
不動。
仰望天空，動用平視地表的念力
使雲層相聚又逕自錯身

讓黃昏落雨
讓每一個濕冷如孤蕨的陌生人成為灰色的火種
我在今日的濘壤培養他日的惡之根柢
一粒蒲公英種籽悄然離席
我握取它，將它深深埋入

我多孔而空無的心和
多毛而飽滿的子宮頸
我們的小孩將有鏽綠色的頭髮
他將有堅硬如木棉的眼睛
木麻黃的色情而多毛的身體

我們一起死去的時候
他會為我們哀悼嗎？
他會為我們在雨中摘下一枚梔子花
心懷失重的真空的憎恨
為了恨與愛情哭泣嗎？

石頭放逐石頭
成為灰色的坷坑的河流

但我只想碰碰他
嗅嗅他的頭髮對他說：
我親愛的小孩啊這世界僅僅
一座摺壞又攤開的紙迷宮[2]

**14**

壤岩沉積為破碎且冷的
午夜。凌晨四點四十四分

湖心結成血坷
深谷浮昇鐵霜

從一千萬光年外礦銀鍛鑄的太虛沙漠
憑空高速拋擲而來的隕石

劃破大氣層、積雨雲、風與
每一扇尚未命名的空冥之窗

眼看語言的石頭擊落我的身體
埋進我生鐵熾熱的琉璃靈魂
眼看我眾星閃爍的00101110
瞬間成為灰燼的碎冰

下一瞬間，你是門
我是鄰壁熱心而慷慨的窺覷者

---

2 「難道沒想過有這樣的可能？一張輕薄飄逸如構圖遠景，折疊，折
　疊，再折疊，再折疊，然後終於攤開來，只看見它無能轉圜的淒
　慘皺撐的模樣。」姚秀山〈寡情書〉，《字花》第48期。

**15**

灰色的牆緊貼肩胛的柔軟丘陵
讓脊骨對它說話
接很輕很少的吻

讓生活就此傾頹
圯毀於文明，繁榮於洪荒

讓大水漫漫淹過器官的思想
讓蔓草生長然後

讓清晨來臨
有人在壁緣開啟門縫

最短的距離裏
脊骨化為震央
傳送岩孔

漂移
晦暗的夢之葶
讓風冷靜

讓巨大的語言

摩擦而緩慢地停頓

讓你的經過被納入一條路
磚石的縫隙
磨損時間的角質層

季節吞滅決心
如雲吞滅雨

欲雪的天
行走的人
低吠的陌生的犬

讓心凝結琥珀
你是我睡前睫梢蒸散的露煙


## 16

你躲在誰的下體
兀自發熱發光又起風

風吹過
你像一顆迷你火星

平躺於海洋的薄翼
仰望粉鍺色的太陽系

大腿根部，白色
一萬具肉體的心臟
從這裏開始
跳動

死過一次你又是
一枝全新的鵝毛墨水筆
真好可以寫詩，做愛
躺著吃早餐

把奶油在餅面上抹勻
像時間
將身體分配給一座鐘

你懂得數算時間
轉彎，遭逢夕陽
掌握光和冬天和植物和雨

你就是時間
雨下得太久了，你割開
自己，含進金盞花的嫩株

時間一過，雨就停了
在指甲灰的薄暮中，輕聲說：
我愛你。


**17**
妳的心是丁香花
擁有夕陽裏 A 小調的氣味

紫色風景臨受藍色雨水
鐵鎬色的烏鴉日光
小孩的腳踏過你身旁
眼球擦過初潮之夜的紅弦月

它用染血的曲刃割下愛人的頭顱
慢慢地要妳感覺興奮並且快樂

妳的心是晶岩洞壁的千年膽結石
在每個經過的人臟腑裏煙雲繚繞──
一首俳句
一段旋律
一塊斷石

親愛的還是就這麼算了吧
我不過是某個帶行李的人
腦海中偶然興起
一趟短途旅行的念頭

他與你擦肩而過
此後再也走不遠


## 18

清晨，移開窗前盆栽
收整半腰窗簾，在舊銅陽光的鏡面上
看見自己

比我愛的人更老
比他患的咳嗽更輕

終究願意承認
用盡力氣的結果是零
終於也成為兩個頭戴灰呢斜頂軟帽

失敗的傢伙
厭煩的戀人

相約穿上對方喜歡的磷火綠與繡眼綠
挑一個陽光明媚的週五午後溺水殉情

湖底未栽黃水仙
讓你化身飛虎魚

張開嘴唇
吞進語言的苔草
吐出透明的魚鱗氣旋

自此成為比誰都堅忍冷硬的神
以官能派的風格
一次無人知曉的自我崇拜

夢想顛覆再顛覆的安那其降臨
為你披上鮮紅的水母胄甲
與可敬的敵手
展開一場跨時空戰鬥


**19**

黃昏過了，身體成為一道無形色的水
曾經引以自豪的那些句子

抵住舌尖
細細吸吮
在愛人桃核齒頰間度過的日子
戴著黑色安全帽的騎士從窗下經過
T恤背面寫著：「我是真的非常嫉妒你。」
七個紅色的字燙傷我的心
像七株同時盛放的赤山茶
我把自己翻過來寫道：
親愛的小孩，燈亮了
我漸漸看不見了。
徒然無光的房間裏
用指腹的莖萼
讀取睡前一杯杏仁茶涼去


**20**

許多小孩大聲微笑
親愛的小孩你的笑聲就像時間
我們跨越一座荒廢的遊樂園
行經旋轉木馬杏仁色的側目
背包遺失重力系統
號碼浮升，名銜漂移，訊息盤旋
繼續前進好嗎你說

畢竟除了走也無事可做
所以我們又走走到了盡頭
植物區裏的鏽矮蕨伸出手臂
擁抱廢銅的白樺木空朽的腰
我們於是知道冬天來臨
親愛的小孩，還願意再笑一次嗎？
我胸膛凝結一層憂傷的薄霜
像經過烘烤的奶油鬆餅腴軟溫煦
一匹紅色木馬躍過售票口前方的柵籬
雪花落上妣落日黃色的背彎
玫瑰中綻放初冬日光


**21**

似乎是很久以前發生的事
你是一株枝骨嶙峋曼陀羅
有人把你裝進襯衫前襟的口袋
帶你回家又忘在野棠花叢生的巷尾
——這一類的故事你已經聽膩了
但事情總這麼開始——
早春料峭，米色雛菊開遍街道
一個藍夾克男子向陌生的女士問路
他們一起看了一場異國愛情電影

然後各自回到三樓的公寓裏睡著
於是你知道了：
有人是橋，有人是地下鐵
有人是綠園大道3段12巷57弄40號
揹著單眼相機的旅人
向無數喜愛異國愛情電影的陌生女子問路
她們說：「往前走三個路口，看見
　　　　　超商後右轉再右轉。」
最後你選了一張露天咖啡座待了整個下午
無所事事
看上去親切極了


## 22

有些事過一陣子
就不那麼重要了

譬如花市，我們遲到三分鐘
事件已然展開

白棉寬裙上印滿大黃波斯菊
兔耳花緊緊闔閉
一萬朵粉紅色蛤蜊
齊聲鼓譟

一叢紅珊瑚失蹤
一名婦人昏厥
一頭貓踩壞西洋芹

但她的小孩呢
時至如今沒人想起那小孩
倒是更關心那鍋湯
被燉壞的
被寵壞的
全都一副模樣


**23**

喝完湯我們感到有點兒失措
只好把錯都推給胡椒
胡椒的氣味是明朗藍調
像午後一點鐘的太陽
微微右傾
照明一切
正好我讀詩給你聽：
　　「你是我珍愛的九重葛／
　　　讓南美的女人發起高熱」
氣氛變得良善

可以看看電視
有人說抽太多菸導致癌症，月事不順
我對你說，很多事我都不是太懂
你買了兩張週末車票
票價是十根菸加上
五週半燈光節約
第一張赴布宜諾斯艾利斯
正面寫著：「讓我們向乾淨的空氣出發！」
背面附註：「一路順風。」
另一張車票通往海邊
但未寫明海岸線確切地點
我開始明白你的意思
浴缸裏一把漂著圈子的粉紅牙刷
一件大麻葉圖案的連身泳衣
一頭陌生的蝸牛
一只破損的玻璃花盆
而我正要搭上第一班長途夜車去拜訪牠


## 24

一頭蝸牛住進眼睛
牠是那麼地多愁善感
以致老是算錯日子
所有的身體都像牆

裂縫之中

伸出苔草

像以法式熱吻道別

我帶牠前往一個乾燥明亮的地方

極慢地散步

手牽手像一部手動式放映機

甚麼都想反著來過一次：

帽子——風箏——小孩

女士——硬幣——菸斗

終於在黑白默片裏我們找到一個石頭臺階坐下

拍拍屁股捲好一根紙菸輪流抽著

感覺自己強壯樂觀

願意離開座位到廣場上搬運箱子和瓶子

在清晨七點鐘騎一輛舊單車沿街發送

新鮮的奶酪啊甜蜜的奶酪

一名男人打開門

他剛從早晨猜謎節目裏認識一些新的字彙

Escargot[3]——Solitude[4]——Avec mon[5]

---

[3]法語：蝸牛。
[4]法語：孤獨。
[5]法語：與我的。

並且樂意與我們分享一些鬆餅
但後來我們很快地長大了
我對他說 Merci, au revoir[6]，謝謝再見
然後離開他多愁善感的奶酪
而多愁善感就像奶酪
繼續被沿街發送
到更多喜歡在早上拋擲發音練習的人的臺階上
甜蜜的奶酪啊新鮮的奶酪
我和我最初的蝸牛
我和我最初的寂寞


## 25

有些時候我們別無選擇只能站著
點一杯苦艾酒讓自己想想藍色
想想雨──下雨的時候
一頭蝸牛爬過整排水晶屋簷
一個琴鍵被敲響
它說「Re」
比誰都接近一場苔衣灰
屬於二十世紀裏
比較良善的那一面
你像一撮白板栗在爐火上燉了很久

湯裏擱了太多鹽

無法讓你更幸福了

1978年，戈德爾在維也納

撕開秋天的第一塊kipferl[7]

啊親愛的kipferl總是越多越好就像華爾滋

讓我們穿一雙粉紅漆皮鞋迎向A小調

轉過下一條街抵達廣場

雕像下有人樂觀地宣稱：

　　「我們必須知道——我們將會知道！」

他坐下，一如往常吸菸斗

看起來無比平靜且安詳

某些雕像集合起來就更接近法蘭克福

這個提議如此多汁

聞起來甚至有點像是桃心木

令我們情願在燻肉裏和解

更何況，唯有蝸牛懂得該怎麼

以石頭定義石頭

然後給石頭以石頭

---

[6]法語：謝謝你，再會。

[7]德語：羊角麵包，維也納著名的甜點。

以勝利、光榮、溫暖
以貓罐頭工廠
以刮鬍膏與薄荷剃刀
以一場非常非常長的飯後散步
以噴泉與拋物線的午夜祕密集會
最後來到你


**26**
有時候你是植物
特別是裸子的
像銀雀的那種

整個冬天待在甕裏
讀極短篇
抽捲菸

下一章是這麼寫的──
春天時，有人經過

你就為他盛開
問他是否也喜歡占卜？

他的顏色是土裏繡銀織地翠
他的昨天是西北西

甜酒，石頭，矮鍋
他的幸運物是蝸牛
抽到號碼3

某些時候終於他成為了蝸牛
星期一適合圓形的水耕玻璃

他在土裏吃雨
吃小房子

有時候你是蕊
有時候你則是胚

有時候你是藤
從水色的苔裏甦醒
露出透明的小葉

但他喜歡占卜嗎？
或者其實更喜歡蝸牛？

你說：我愛你
在最後一日的傍晚5：58

愛是石頭
或是啤酒？

兩分鐘後你走南南東
立誓一生與綠色相反

你再一次占卜
你繫緊了鞋帶


**27**

**之I.**
有時候你是藤
有時候你是肋骨空洞的葉

日光的鴉羽落覆雪後街道
小房間內，孤獨的人久坐
打一件粗花針織毛衣

等待冬天逐日以溫差靠近
他的眼睛是黃昏的霜
你哭起來
他便是髮間單苞蓮

有時候你是夜
有時候你湧升又墜破就像噴泉

## 之II.

廣場
石面大鐘敲砌第七座城市
烏鴉最後離開
一扇小窗掩上

在雨中，在道路的盡頭
世界是一粒巨大透明的膠囊球

每一片錦色落葉
是我賴以維生的藥錠
餵養落單行人的身體

公園
有貓凝駐

城市以塑膠晶柱溫柔包裹我
我深藏的心被誰消化？

人在遠途，記掛平靜安康
從遙遠明媚的國度
捎來消息

陌生的友人遞來日常的祝福
他說：祝你永遠幸福。

我握住這些字
彷彿握住開啟下一場夢境的鑰匙

那裏，沒有更好的王國
授予你輝煌的愛的王冕


**28**
找一個下雨的星期三
從初秋的蘚裏離開你
我們擁有過量放蕩的雲
浪肆滂沱整座島嶼的下體
我的慾望拖曳為水晶體

埋葬在不可測的古老海溝
沒有人擁有完整的資格
不去成為一個完整的蕩婦
我是你無法測度的永夜的暗流
每個清晨搗毀心底的廠房
夜晚，一萬頭蝸牛安靜睡著
夢中一千株紅橄欖祕密繞行城市
果核的皺褶是岩表的脈壑
像我們都妥善愛過的人
你掌心緊握星球的果殼
我是你眼球受光剝裂的縫隙


**29**

落雨前，你剪去枇杷的乾肢
照料薄荷、胡椒和九重葛

黃昏，人群翻掘彼此的軟土
每一雙手緊握指路的植株

我揹負最微型的廢墟
吮食時間根部的泥癬

你說：妳好好的，我便愛妳。
但我再也聽不見
雨落下，烏鴉在午夜失去耳朵

沒有石頭的海
原始巨大的水晶岩漿

你行走於浪尖
對愛一無所畏的遊牧人

我在深夜悄悄含裹自己
像永不癒止的花萼的皰疹

月引力將傷口撫平為珍珠
佩戴在永不妥協的心


**30**
你開始規畫中年
開一輛二手雪鐵龍
搬進一座廢棄舊海港

樂意當許多人的新鄰居
樂意打牌

賭馬
調酒
抽菸斗

晚上九點
點一杯杜松子酒
以為就這樣一輩子到天亮

誰在黎明前大意破解你領帶的咒式
你街口左轉
走上二樓
第四階

鐵鑄雕花窗臺上一個人
洗一頭罌粟色波浪長髮
如一彎水淋淋紅月亮

你就知道沒有其他的辦法
整個晚年你怡然抽菸斗
向偷渡客學習水手結

開半瓶杜松子酒
交換雪茄

硬幣
情婦
麻纜索

分開生活
一張無可修改的必需品清單
但行至中年
終於可以從頭再來過
擦洗窗戶
刮乾鬍沫
尋找失物

添購新衣
一如無數次重複地愛
同一名陌生人

你頭戴一頂鼠灰無邊軟帽
叼一管菸斗
步下臺階
看起來就像那麼回事

你說
真難想像
不如養貓

貓是一行奧地利語
一段花體手寫署名
在一封你讀不穿的信件裏
沉而銳利
像針

睡在誰膝上
就讓異鄉人
格外思念異鄉

你抽菸斗，修理頭髮
拖沓半隻皮涼鞋
每週六早晨六點鐘
逛西岸的賍貨市場

買一張絕版唱盤
大清早嘓張地放

你閉起眼
使爵士越短
日光延長
像歲月越老
你越明亮

## 之二　你如何成為一種幽靈式的抵達

**31**

已經難得再感覺正常
早晨醒來煎蛋
輕音樂翻面

依序伸展關節
鬆轉上臂肌
漱洗

塑料獸毛侵入黏膜內壁
衝鋒群菌進化的古戰場

上午到黃昏
滂沱陣雨之間
行車班次拖沓敗壞

一次緊急煞車
迫使你
從蝸行泥濘的夢沼地
勉強抬起別人的身體
從意識的隧道口駛離

幻術的長釣人
盤髮套進一頂老式寬禮帽
腹部凹陷，用以豢養：
毛髮，齒齦，玻璃盆景

手風琴翻面
水晶體的銀鉤針
在記憶的臟器進行掘井工程
往更深處開發

蛹隊的礦脈
蹄骸的沉積岩壤
時間的瀝青
所有語義晦澀文法繁複的地下水渠

告訴我你快樂嗎？
漂流木構築的密室裏

記憶接受鍛鑄
完璧無瑕的石英圓

而這裏是──
子宮、臍帶
胎盤共構的潮間帶
內壁締結無數柔軟牡蠣的幽靈陰道

你通過
你滯留
你安逸躑躅

整整一百年……
直到海水撤退礫石灘
袒露一座巨大的廢墟

邊城角落
白髮乞婆吟唱海妖之歌

歌聲甜膩如繡金緞裙
裙浪披覆上萬海哩

意圖籠罩你
愿惑你
串誘你

要你以它為家
以它為墓
交給它

你的全部
你的一半
你的零……

你依序脫下西裝、襯衣
解開領帶、捲起純棉短襪

摺疊整齊，揀一顆珊瑚鎮平
彷彿草草埋葬一名年少的愛人

輕輕抬高他的額頭
枕放於木麻黃織蓆
為他闔上鳶尾花般眼瞼
花蔓般烏髮

烈日下
你曾長久端坐如大理石像
僅僅為了能夠伸手觸碰

他的眼睛，碧綠柔軟
如蕨葉的女陰
臨受晚露而舒展
對你向內揭開午夜裸肉色的祕辛

每個飄雨的夏日凌晨
它曾溫柔睇視你下腹的南島
沿岸逡巡每一場希臘式狂歡

你醒來
他像最深的百合在晨光裏睡著

你俯身向前
開啟語言的袖珍鎖

誰從傳說的海島上來
你在樹林裏焦急奔跑
修飾暮色與瀑布的輪廓

預備一場最得體的重逢
微笑悄語：
「Tu me manques, au revoir.」[8]


**32**
有時候就是不得不感覺恨
恨到極點就接近愛的那種

近似某種普世的生物性
一頭蝸牛揹著地圖
接近臟器內部的錨心

一盆老曼陀羅啜飲鐵漿雨珠
而渴
有時就只能那麼地渴

度過雨季
傘才剛起身
打呵欠

---

[8]法語，意為「想念你，再見。」

你打著赤膊坐在陽臺
一根又一根地抽著菸

血流下去
藤蔓爬上來

抽長牙疼
胃酸
肝火遽燒

而疼痛是
一輪岩漿炮炙的銅太陽

你捧住它
仰喉吞嚥入腹

高溫迸裂如石榴籽芯
流落一點點
一點點微光汁液

珊瑚黃昏，長吻越海
所有徒留眷戀的遺失物事

值得你再三翻閱
終盡一生

有時候你就也不得不再恨一次
像一位荒唐的母親
面對浪蕩的獨子

像要愛
卻再也愛不到了的伴侶

分手後
就此失落了稱謂的舊識

雷雨天
你十指如針
往內深深探測自己

像拉開一只空抽屜

再也無法對誰更親切了
你燃起了香菸
你總是最明白

## 33

抹淨窗戶再燃一根菸
看窗臺下經過的人
聳起肩膀穿過後院

彼此讓路時碰斜了帽簷
迎面踩壞半巷酢漿草

至於老呢
只是某一次癮頭發作
半生顛倒的潛徵候

卻發現
紙盒裏只賸半支薄荷菸

某種生理循環的必要性
只能經由交叉討論獲得

毫無結論榨成果汁
漫不經心對坐著喝

交換火柴
淋浴間
捲菸器

善用不說話以研發一種輕脆灰
雨後的鵠絨
斂闔鬼針草的芯蕊

眼看
熱風襲空橫掃而來
愛情是牢騷姿態
雙重無賴

猜你還想起她
也許感覺溫暖

不久經過另一處候車亭
旅途中摁了鈴離車進站
手提一卡棕熊綠雕花小皮箱

仔細繫好領結前往陌境
再說一次你從南方來
是熱帶的乳房哺育的小孩

最後一位客人起身告別
總得有誰留下來收拾房間

用毛巾擦乾了頭髮
喘口氣又點起一根菸


## 34

### 之 I.
春天的第一週
共度一場雨是必要的

一起吃一碗麵是必要的
湯冒著煙
醃菜是一種陰涼的老

拍照是必要的，底片則否
你穿那件黑白格子的短袖襯衫
手牽著手，逛陌生的街

雨之內彼此都失卻的邊界

你越過蜻蜓綠與虎鞭黃
說我穿藍色好看

產生情緒但沒有
擁抱未必要
親吻未必要

一起洗澡卻仍是必要的
一起讀書也是

躺在床上
看電視
最後一次為無聊的戀愛劇
掉眼淚是必要的

拆開一只信封
重新寫一封信是必要的
且絕對有必要在信紙背面寫一千次
一千次，你的名字

**之 II.**
又是多麼多麼必須開始
做一個溫和且善節制的人

必須成為彼此的鄰居
園丁
郵差
表親
社群好友

必須各自工作，回家
淋浴時必須朝向馬桶哭泣

各自起床
必須刷牙
吃飯，走路

必須寂寞
必須寂寞寂寞地說話

必須從此永遠失去必須
在星期天晚上
一起抽一根菸
分享一杯開水
一部黑色電影
一則雙關笑話

那些還存在著必要嗎？
一起睡著
一起觀測天候
分別搬演無跡可尋的夢

露臺下，陌生人
問你明天也會這樣下雨嗎？
你微笑
只有微笑永遠無缺


**35**
若你變成蟲子
在洞穴下呼吸

在壤層之下
成為另一座碑
記載岩隙瘋長的野史

如果你在
草地之下，那個安靜陰暗的地方

如果你說愛我
我就全部給你——

星座，月球的影射語
石頭，草木，一萬種鳥獸

如果你不說
那又將是
另一條開放性選擇題

可以待在家裏
喫茶談心

也可以拿起電話
再撥一次號碼
聽自己用鼻音
說俏皮話

在碩草之上
明亮溫暖的地方
掰開一塊花生奶酥

取出一紙籤詩
預言所有尚未發生的：

金箔，象牙，窗
纖維，啤酒，火

他們全部變成了鬼
情願在燈籠裏燒燉焦黑

一枝杏仁
一杯水
一口肉桂鬆糕

在陽光下攤平褻衣
蒸發自己
成粕


**36**
從今天起
在素紙和果皮上
練習寫字

練習好好走路
隱藏影子與泥與暴雨

我們全都是鬼
有甚麼不好坦白？

如果你吃腎
我便長心

揀選多情碧眼的少年
作為獎品

小熊絨毛
芒花肌膚
黑頭髮的少女

或者你更喜歡
那名瘦腳踝的女人

她一襲連身長大衣
像夜
站在風裏

也可以
下定決心
不再嗜惡

甚至愛上了
另一個人
他午夜藍的鬍髭
像你愛極了的所謂儀式性


**37**
一些磷
飛來飛去
繞著柳木房樑

一顆池塘
傾圮
藏青色的眼淚落下

多麼骯髒啊
我的麻布前襟

洪水的房屋中央
地板上
生下一個魏孩子

他的臉
真是醜到極致了
我哭起來

齒叢歪竄
就像
最最道德敗壞的

夕陽
流下汁液
淹沒影子
和階梯的下顎

身體攏起
窗的創口
從血光裏
成為烏鴉

那把紅得燒痛了眼睛的
野火
悄悄挨近窪地的羔羊

**38**

你還記得——
媽媽是
脊椎

最後那一節
尾巴
向左道蜿蜒

左是旁門的幽靈
擅走荒蔓的偏徑

繞過屋子
來到你屋門前
以恐懼的乳汁哺育你

恐懼嘗起來
有澀漿果的氣息

天黑之後
時光以萬丈之姿
憑空落逝

我們還擁有彼此嗎？
猛地打了個照面
的深夜裏
你不禁脫口——

而我們親愛的
抵足觸額
獸毛纏腰的
祖先

他們握緊蚌殼
用鑽石
拔下你的指甲
以為占卜

你太魏了
那卦象格外靈驗
橫生十年凶災

你探出十指
將自己深深
插進
疼痛的井壁
尋求光

到底光是必要的嗎？
倘若你是惡水
我是鞘內腰折的刀


**39**
那時你已死去
像一抹苔
彎折善水的後頸
依附生者肉軀的岩壁

取暖，養育一種壞痂綠
走入孔隙召喚一次性的
朝露電幻

你是火燄的冷泉
我飲用你
毫無節制亦且
無所畏懼

引你盥洗我赤裸的蕨陰
水聲流溢暗紅磨石地板
你更是一抹餘燼青

一個人獣在廁所
燃了一支又一支香菸
指尖墮落的天使羽毛
你屬於不同類型

你燙傷別人
又灼裂自己
於是這次你化成火種
開啟萬世隱密難諱的文明

陰影之內
有人擦亮一根火柴
作為繁衍的證據

居民紛紛掇取行李
往南方彎身竄行
撕扯糖果金箔香燭紙
拜行最後的祭禮

事已至此你仍不饜足
你伸手，你要：
牡丹翡翠糕
波斯菊蕊琥珀酒

祖先
我親愛的
父親啊
你如此奢侈
貪婪且寡言

我倆終究百年
兌得天怒人怨


**40**
地震時你像擬死的藻
在劇烈搖晃的以太中
良久靜默

傢俬紛紛解體
被墜落的磚甲掩蔽

骨折後你成為其中一員
你是最薄最藍的磚瓦琉璃
趨近兒童專屬的哀愁

天空是一只破掉的
寬盤
龜裂的
盆栽
水瓶
品酒皿

粉塵狀的彗星
祕密落下
像雪的瘀
從地表的大動脈
隙間爬出紫色細長的蠕蟲

軟體動物般的
洪荒時代
你藏身巨人的指關節
像昆蟲
將自己凝結於
一萬呎的透明磐石般的

時間。
一萬座河流的不在場
一句咒語
一紙寫滿走獸名諱的濫造謠曲

他是戒環
你是變光星雲

他是誡律
你是獵人

又一次你分娩
禁不住快樂的那種

臍帶愉悅
你是順應時命的拐子魚

噬食天意
噬人
噬草
噬敗土
噬寡德的嬰兒
噬淫蕩的母親
噬煙
噬金
噬針織緞錦

你燒髮膚入地冥三萬層
你乘灰火遂遍行八方地


**41**
你自最空的虛空裏來
像一小塊翡翠碎片
灑在鉻上

幽靈的自燃現象
憑空而生
憑水落地

終究也是要嘗試併行
搭著肩膀低垂脖頸
看烏鴉的墨爪
在落葉之下
三千呎

寫你的姓氏
一筆
一筆
再一筆

你是新晨之霧
玫瑰花萼之子
百里香的祕教徒

遠遠聞見你來
芬芳如往昔
像我心底最濃稠的病

若你是藥
我便是金
包裹你為某人甘心吞服
撥弄他體內細風捻繞的弦線

人為樂器
你為刀斧
人為鮮蛆蠕行
你為宛轉鶯啼

**42**
有人睡在破落的夢裏
其內百廢不興
城毀家亡

「終於可以
　無痛無病⋯⋯」
那人撫摩齒禿的下顎
像一座滿風過境的危樓

三分欣喜
半堵牆
一兩杯殘膡幾世輪迴的
琥珀麥芽酒

「至少夢裏
　無痛無病⋯⋯」

已經不再是
擁有青草髮色的少年

那雙白茸小鹿眼睛
也隨著遠行的家族
墮入永餓的鬼道

那人還睡在衰弱的夢裏
夢中窗扉半傾
無痛無病

你入困誰人設下的僵局
嫉妒葬身火厄中的幽靈


## 43
日落時分
山流出無言的血
像河躺在
石的傷口裏

臁下的
像那些被擄的處女們
像那些被宰的畜牲們

像所有麝香釀製的
好聽的膏腴的名字

褫奪聲音的女人
長髮披散
如黑色的河
睡在亂葬的荒土丘

你被深深吸引
不知該如何清楚交代
不知該以何表情向誰說明

關於
你曾經擁有過
又不斷失卻的

黃昏，逃遁，清晨
泥巴，藤鬚，病徵
挾傘疾走的
橋上的戀人

從掌心銀絲般細絨間溜走的
剝除了氣味的山谷

賸下白色的山魈
還在風吹的墓地旁生長
一點點蒲公英

你等待她醒來
像在自己的夢魅之中
脊骨節節輾轉

突迸聲響
如一枝瘦荷
沿風開放自己

鍍金的蟲虫
日落時分
偷取影子
緩慢穿行於瘤鱗般的屋簷


**44**
你住在窗邊
狹長的破陋的窗
窄得像霜

你把心摔碎
他走之後鋪於窗前
碎彩石混褐底壤
門邊亮起一盞紫衫九重葛

藤蔓爬上顴骨
那麼容易便擁抱著

雨水滴進久旱的嘴

你吞下雲
你吞下火
吞下石頭的嬰孩
漫走的牽牛
飄遊的鬼
鬼哭的淚

陌生的旅人初到此地
他捱了整整一百年的餓
肩胛瘦見灰骨髓

他面向人
張開鳥般的頸臂
背脊勃發大理花的羽根

有翅的人
只好遮掩
他穿上房

但房已傾圮
無刻度的鐘

連夜寫標語
奔走上街頭——

「明日我已毀損。一如
　今夜你掀去身體唯一的簾」

大聲喧嚷，濫飲烈酒
在廣場中央旋轉旋轉再旋轉
以銅像演奏黑色柴可夫斯基

貧窮的婦女掀起裙
夾道湧至廣場上
與霾灰的鴿群爭穀

一口袋的泥沙和米
她們煮熟珍珠
養育饑餓的丈夫

小孩披著亞麻破絮背心
你就住在他們的肋骨裏

那是另一種
久經災荒之人

才懂得的純粹快樂

你揉捄麵糰
你住在麵裏
揀黃菜梗吃

你喝湯
雨水打進破瓷碗

失去屋頂的房間
一家五口
分食火柴創口的痂蜜

父親慢慢成為一張
幅員遼闊，卻徹底烙焦的
粗麥捲餅

一整家子背挨著背
用饑寒裹住胸膛豢養的鴿

竟也知道甚麼是豐年
他人的田裏長出火車
烏黑的果實

包藏腴軟而傷感的心

像伸手探入舊抽屜底層
猛地掏出一只乳房
覷著眼熟
芬芳如黑李

你跳上最後一節車廂
背對白色的北地之風
靠站下車


**45**
神造水的那一天
便知道自己常年有病

牠將小小的灰色的野獸
嵌入初民的肋骨

對他們指認——
看，這是深谷
草地
斷崖

那是千層楊
折首的木槿花
斷了膝的接骨木
攀垂於絕壁

你們必將埋骨其下
以各式不同的死法
像一千列火車
同時駛離一座
荒棄的車站

那個下午祂尚未造風
天空忘記下雨
晴朗，公園邊，我靠近天使
玫瑰花圍中央
大理岩與噴泉旁邊
擁抱自己的小獸

每天都新鮮且生猛地長大一點點
我親愛的小獸
嗜食糖與花蜜
毛皮光滑如鐵
在棉花田間追逐薄脆的飛蟲

狩獵，吞食，奔跑
接受治癒

終於到了生育的時刻
婦女們集體分娩了鴿子般的小孩
神造嬰兒床
造牛奶與麥
預言終有一個男人前來
拯救繁衍的病災

頭戴棕色針織軟帽
手提亞麻布囊
在早晨九點零二分抵達
那人帶來花粉
糖霜
避孕療程
繡花床單

你知道
你對我微笑
你的臉是神造的深深的水域
鼻梁溜過半座沙姆山的落日

荷姆茲的母親
填海的土，遠方的戰爭
柴火堆裏的鋼琴家
彈奏藍色的巴哈
與鐵銹綠的布拉姆斯

你從極北的島嶼而來
搭乘我無法想像的
命名為羅珊娜二號的貨船

你手中的帆是第16號
正好是我熟滿的那日
果綠色的十五歲
頭髮散發荔枝香

牛奶，葡萄
野莓，夕陽
莽原，獅群

神造光的那一天
你是晚霧的子嗣

誰給你牡丹紅的名？
在霞光的晚潮裏
散長長的步

然後夜晚，然後
幽靈們盛大的集會遊行
街道上神造黎明
接著一個男人來到

**46**

早知道不可能看著你白頭
就把我的胸膛讓與你
就把我的髖骨讓與你

但我的心
我的心
就把它深深埋入那片
赤腳磨損過的草坪

我們曾一起攜手走過的
唯一的一塊石頭下方

綠色之後是更無對白的
蒼鷹灰，風變換場景

所有被剜去的時間的趾骨
所有風起便哭的肌膚的洞窟

所有的海
與寄居蟹的卵鞘
交換黑色的眼睛

而我的心
我的心
它對我說再也不要看著你變老
再也不能重來一遍
交換一株紫錦草別在耳垂

在金盞花露水蒸散的
初早的陽光下
遠遠凝視著彼此草漫過膝的墓地

乳白的岩質墓碑
寫著你畢生的自我期許──
「寫字；

造景；
愛人；
晚年時坐在路邊，
妥妥貼貼捧一杯溫咖啡。」

在我的孤獨的落雨的肋骨之間
在你的心
你的心


**47**

清晨起床
感覺到一輩子所謂
誰愛上了
誰又懊悔得
拔起滿頭楊柳髮
痛哭堤岸

不過又是幻術一場
舊日的套語
新生的自我設限
蛻殼的蛹
蛹內細小的心

與昨天的河
與前天的石頭
與擦拭鏡子留下一道
灰塵的柔軟的銀河
並無兩樣——

你喝水，你穿襪
黑色的棉花落下
像曝露絮肉的夢

像清早六點鐘的雨——
冷而綿密而厚
被無聲包裹起來的影子
投射在那人的牆頭
涉越了肩與頸的界線

就讓他吻
冬天的守護神
從灰色卵石般的靜脈
凜凜地流乾自己的

血。
與周圍隨之凝結的衍生物

珠露般的語言
交談午寐的花園布景
半日間新誕的關係……

你的右手貼上自己的左腕
像昨日的傷口平躺
熨貼今日的瘡疤

你走路
你坐下
繫好鞋帶
數1、2、3

說你愛他但其實與你並不太愛
並無兩樣


**48**
我願意為你當一尾蛇頸龍
為你被巨大的古老象群冰凍

在火藍的極光下
做永恆的極地之夢

我願意為你成為火
或火柴

或一盒
受潮的駱駝牌香菸
它焚燒柔軟

成為那些
輪流共吸一根菸的愛侶們
賸餘的灰燼

我願意為你成為善妒的亞洲虎
用斑黃破碎的情詩
占據你瞳孔的夜晚

我願意為你成為一頭
粉紅色少女蛇頸龍
以櫻桃樹的子宮
孵育百里香的孩子

我願意吞嚥戀情的殘餘茶漬
張開手

拋擲石頭
占卜一週之末
鼠蹊部的幸運數字

今天是第六日
讓我為你重生
像某種文明史前的懸崖尖頂
收束墨色羽翼
獨自停棲不語的古生物

讓針織指套再度瀕臨絕種危機
讓情感的天擇論更嚴峻地降臨

十四星座的輪盤上
為你當一顆指甲大小的袖珍隕石

讓我心中有愛
讓你是一座空城
只許寡愛的人通行

百嶽無語
化簡為繁
你刈草，寫字，讀報

劃響一聲火柴
就寂寞得要死

**49**

之I.
某些日子裏我們討論寂寞
特別是星期日
特別是降雨的深夜

水如冰，光如刀
氣溫驟降至肋骨低緣
你比我先睡著了
你底夢中遍地野長幽靈靛紫
鳶尾花叢

花藤蔓延開來像火
纏繞啊觸摸啊我受凍的青寒的肌膚

無物不是銅
無淚不輕流

我們輪流鑽進棉被
你脫下自己
像脫下一件舊風衣

掩蓋我胸膛冰涼的初雪
你是被祝的聖潔的噴泉

## 之Ⅱ.
你的鵝絨藍遮蔽整座起火的
廣場，鐘樓，教堂

火燃眉梢
人皆上樓
一層疊一層疊一層

大理石的內羽層他們多麼像蛋糕
甜而鬆軟，像少年夏卡爾說過：
「在我的內心世界裏
　一切都是真實的」[9]

---

[9]「在我的內心世界裏，一切都是真實的，比眼睛所見的世界更真實。」
　——馬克・夏卡爾（1887－1985）

多麼希望此刻命他們盤腿坐下
分別裹上刺繡袈裟

胸膛貼著肩膀貼著頭髮貼著臉頰
兀自喫起佛手柑

那樣靈巧而溫和的
情感關係還存在嗎？

最最親愛的日子裏
寂寞比我的心更冷更堅硬


**50**
醒著像洞窟的鐘乳石
在別人的夢中不斷掉眼淚

你睡著了像蜜蜂
吻起來像鹿

像一條河
流了很遠很遠

才祕密挨近我身邊
靜靜待著

這裏有床你躺下吧。
這裏有路你就走吧。

我撫摸你的捲髮
漆黑光滑神氣
漂亮的烏鴉
在鐘乳石窟間驚拍飛散

時間的殘屑
眼睛裏的雨

最最親愛的日子裏
我們擁抱，進食
每天早晨喫半顆蘋果
一粒維他命，一杯開水

像海包裹海綿
像豆臥為石

如此練習勤勞不懈怠地活
為甚麼為甚麼還是那麼寂寞

是不是因為曾經年輕過
以後勢必獨自一人遠走

你開始變老
臉頰拉長如北地之獸
眼袋垂墜如南海葡萄藤
頭頂的雪線也撤退

即便你是遠山
霧起時生人不近
但下雨的時候
我依然那麼那麼眷戀你

沉默的無光的森林深處
有人持續夢著無言的荒廢的王國
我們被困在那人廢棄了的宏大建築裏
蜷曲盤腿
互相對看

醒著說話
像一顆行星碰撞另一顆行星
摩擦出微小微小的火燄

你是承載
我是危樓

你是微光之舟
我是霧中水流

**51**
老去的眼淚是苔的瘀青
傷後初癒
開始陰天旅行

要死
就死成最冷最硬的繭
屍骨間，縫裏窺光

死掉的人躺平就像
被手肘磨得
極舊極薄的一張木板桌

像北國的寡婦
從最初凝目的晚霧
拼建墓碑狀的林中小屋

而總會有誰倖存下來
個個雀躍歡喜
緊緊弓著背就著桌緣寫
好幾個好幾個鐘頭的信
然後撕毀

撒手雪花片片
燈火驟滅
近處，無臉之神降生

仲夏，清晨六點鐘
黑髮婦女同時破娩
羊水為界，此處幽靈止步


**52**

沒有火了。你說

我撫弄最後一只打火機
銀的脊骨
鐵的臟器
風的血

我把打火機遞給你
我把脊椎骨遞給你
我把心肝腎依序排放
遞給你

你回贈我：
葡萄，球賽，捲菸器
肥皂，乳液，指甲剪

你暗示清潔
你要求整齊

你冀望火
膜拜赤色的虎神

咧開鍍金前齒
燒燉鹿尾，犀趾，與鵝絨

我蹲下，眼貼就鎖孔
從狹窄冰涼的金屬甬道
窺覷彼此身體內部
女陰的闊葉林

從甬道
我把打火機遞給你
我把不老橋讓與你

# 之三　當日常成為異度

**53**

## 之 I.

用最尖最細的銳對準
眼球中央的一個點
一微粒

墨貝砂探出舌蕾
乔爾穿越
初民的空景

成為窟窿
尋找更多窟窿
鸚鵡的根管治療手術

像迴聲
在岩穴間來回

奔跑
沿途抹寫最淺的石灰藍

像仲夏的海天
褪去一行句子
立刻動身追逐
下一行句子

## 之 II.

擬態：引號與刪節號
某種永動的例外狀態

你化身為永盲的巨大蝙蝠
張開皮革翅膀
成為青春之鷹

以黑顛覆整座城市
以黑描述你的親人

以鐵鍛鎔血管
以火代替火

以疊孿的岩層
升起海妖的屋棚

用三指擦亮火柴
感覺就像一名私生子
徒手拗斷
勃起的臍帶

在斷水斷電的房間
剖開心臟
如轉動一盞燈火
誓言高大強壯

踩著小牛皮短馬靴
與健康的人並無分別

## 之Ⅲ.

你長得好看
該要開始認真生活
像一批狙擊黎明的青年軍

每個禮拜
至少寫三封信
出席正式場合
搭配正確的領帶花色

讓所有人自食其力
擁有至少一份信仰

深信彼此的異性戀傾向
但樂意對同性友好

可你那麼好看
是該與所有人交換
電話號碼
血型
體重身高
通訊地址
信箱
證件數字

應該要人愛你
最好是女人
最好是紅髮的

寫到第三封信你突然想起
全部的事情

但稿紙只賸半頁
必須簡潔扼要切入重點
同時又不能太過明顯
免得有人輕易發現

你其實並不樂意
在星期天早晨
練習填字遊戲

吃早餐前
刮掉鬍子
享用牛奶與穀片麵包

故意安排一場會面
在葡萄藤架旁
的矮灌木叢邊

假裝澆水
掘土，施肥
滿地黃葉
心不在焉

**之IV.**

那條遺失的手帕背面的字母縮寫
究竟是 Y.S. 或是 L.S.
你早就忘了

連篝火也埃滅的
綿密且緊的交歡盛宴
她抬起大腿
撩落半天星辰

最後只記得
那晚排隊等末班車
你也在隊伍裏

從後面數來第2個6
從前面數來第6個9

你站在那裏彷彿一尾知更
在森林的盡頭
張開樟木綠的眼睛

你永遠記得牠膨脹著嶄新的絨羽
像白山櫸的嫩枝

在水晶雪粉下
輕輕顫抖

美麗而卑微
滿懷琥珀般的情慾
我們豈不都是如此？

## 之V.

佛洛伊德
從那名好女士的子宮
抽出一尾鮮豔粉紅緞帶
繫起一把灰蓬鬢

蹲在爐火前
烤他的羊毛襪
青蘋果
可可豆

他想像的一切不過是
關於插入與被插入的風格母題

假定你從未插入
也就無法感覺任何不完全的
不被插入

除非你發明另一種介於插入
及被插入之間的神祕維度
使所有人同時獲得滿足狂喜深入

談論到一個段落你恰恰要落站
緊握扶手
彷彿緊握一個結論

襯衫布料的肘部磨綻
露出一小吋手臂肌膚
於是知道你是梧桐紫

你可口極了
香脆酥脆

清晨六點鐘醒來
從床緣瞥見祂矮小身影
彎腰剪落命運的綬帶

你心底了然，關於
不同時空的不同革命情結
世代之外，那天使正要離去

**54**

一月的經驗主義
是無籽糖漬蜜柑

藉由咀嚼
你修正意識
以情志替代智齒

借道東方，仰角36.75
我們想像一道巷弄
擁有永不迴避的錯身

通過後院
為每一扇門分別嵌上最綠的貓眼
來到第二條街

馬路終於開放通行
冬鳥棲宿彌敦道

印亞裔的工人
從第一層白往下鋪到第五層
眼睛接近水脈灰

另一場權說
從週一到週三
盛大召開
桃心木門半掩

凡關於公眾
就還諸公眾
凡是瓷
便給予刺青

或者乾脆選擇
抱回一盆蛇舌草
在隔日的清晨學習
摘去枯葉

且錯覺親密
且錯覺我倆永不分離


**55**
晨課之一：
首先，必須習授
知足

之二：
好的傳統讓你
毛躁

靜電是
乳白貝珠形狀的
像最卑微的火

記得身體健康
記得必須輪班
生活，吃飯
沐浴，擦乾頭髮

夜晚來臨
我們趕到海邊
列整預演的縱隊

沙洲伸出舌苔
演習某種舐舐

你歡迎這個
像春天

熱烈搔癢
喜歡得要命

像動物
在莽原的黃裏
俟伏太陽

整整三晝夜
你持矛狩守
時光的獸群

把心臟
密藏於草原
最高最密的芒花叢

扎得我們全都
悻悻磨起了牙

握緊拳頭
一記擊在粗石牆上的
那道狠雷

一座島
分娩

古典星辰

另一座則
潺濕常徙
來去潮汐

你終究是要走
若你選擇後者

前者
也未必能夠
如果你反悔

多麼好的一個季節
鶯啼草長
獸群野合
小孩們交換胎記
分配飲水與食物

而教養
是壞掉的那種
課堂上
有人率先喊渴

## 56

整晚丟失了睡眠
以菸頭探測眼球
逼近耳垂

餓的時候
掏出銅剪
裁開過冬的被花

雙手雙腳塗滿奶油
李子酒
蘸櫻桃醬

星期五，你深自反省
匆匆寫好明信片
再度寄往布宜諾斯艾利斯

貼上牡丹花鳥郵票
與一幀照片
唯一一次打上黑領帶

下個星期五
還是不想睡覺
百無聊賴耗去大半晚
對窗玩著翻花牌

綠的對面是
紅色
愛心7覆蓋
黑桃9

到了早上極想喫一碗粥
開車前往港邊的魚市場
裝集干貝、花枝和米

所有你搬家時丟失的東西
都在市場的排水系統
偷偷被地下交易處理

那條格紋棕布領帶
在第三個二月清晨
越境遺失

你撥通某個號碼
像摘下一串葡萄

果肉你吃
果皮也是
果籽吞進肺裏
就患上百日咳

痰捲進紙裏
寫出來的字
全都是隱疾

再下下個星期
氣象預報提醒：
週間有雨，記得
帶傘出門
按時吃藥

藥沒吃完就到了星期三
事物中間的部分摩娑舌根
你覺得性感極了

**57**

之 I.

正月之初
在街口邂逅一只笭拍子
盤腿蹲踞大半排櫥窗
嫻嫻款擺和服袖

它眼波流轉
櫻霧瀰漫
觸抵你喉頭一道啞弦

你不忍動真心
一往無前剃去瀏海烏眉青
哀哀疊聲呼喚……

東洋啊東洋
不再被調音雜訊干涉的
微型外交手法

如果你想演奏
一抹櫻林粉
好比：姬。

姬，與種種
「姬」所衍生的指稱
形成的認識論

誰教你吹響竹笙？
又教你奏起篳篥？

架設複雜的擴音系統
一聳肩掀翻石板橋
橋上忍者薄如和紙
人影似狼

**之Ⅱ.**
你擁有選擇
那多麼有權力
假如你喜歡

而選擇
介於涼豆腐與青芥末之間
好比：井。

又好比魚生

烤飯糰
甜味噌

那也不足以影響你
打開電視
用八十八個跨國頻道
虛耗電與火災

虛擲是有益的
像從高塔的頂端
進行某種垂直鉛球運動

讓我們不約而同
筆至奈良，草草寫下：
「祝您身體強壯！」

**之III.**
這樣的談話像水
一切皆著手地下道化

有必要潛入地底
你穿得就像一個黑市買賣分子
你的鞋也是

二月薄倖，要誰來探望你
與隔壁病床交換病歷號碼
意圖罹患同一場傳染病

從現在起
感覺親密
若你願意

到底要消耗掉多少
假如你生產麵包
假如你割稻

病是磨坊
扭捏碾捺


## 58

春天開始
你想要的
我都給你

能給的並不算多
全部裝進箱裏封緘

大雪如紙
包藏禍心

一切的一切
都是玻璃窯燒的
寡降的雨

你的心是琉璃
春天的蜻蜓長年獨居
時間與光相互反芻
蜻蜓卵狀的氣泡雪

他給了你甚麼
竟然三天三夜發起高燒

你血像夏天
多毛的蜂群
盛產雀斑與蘭

骨頭燒出黑色的煤渣
鎮上最後一班列車
重新啟動了引擎

新來者解決了問題
雙頰塗抹栗色
與熊無甚差別

蹲在野地裏
揀拾麥穗
將一到十二月統一命名為：
「我親愛的餓」

但那餓變得太餓
決定一夥人悄悄烤麵包
撕開蘸湯吃

但雪還沒有融
雪是強弩之末


## 59

之I.
現在
手中只賸下
最後一把麥

田野
像金子
麥浪任意交換

訊息
無所不能
無法不能的

饑餓
蹲在眼球後面
秋天黃昏
一粒草梗

有人願意播種
於是生長貧窮

超過某個數值的話
例如一千人份的貧窮
比一人份的貧窮
更逼近6

芒花是雪
芒則不是

恰如你不是我
你只是感覺

旱荒他
抵達車站
排隊等候行李

也領了號碼牌
在城鎮的鎖骨
夸夸而談
一座湖

湖邊
我的母鹿
我不分娩的珍珠
永不生飲的哀泉

**之 II.**
是否有人規定
多少數量以下的渴
就不那麼渴

好比
你最最熟暱的
一個字：
鐘。

一只鐘的存在
使時間患上偷窺癖
假裝逃跑

大家望望彼此
慶幸地互拍肩膀說道：
幸好還有床

所有與睡眠活動相關者
都不可被信任
譬如羊

鑲嵌烏玉眼珠的
山羊嬰兒
一夜占領丘陵地

無處不是革命
只要有一個人
願意穿黃襯衫

對其他一千個穿紅襯衫的朋友來說
他便是新世界的精神先驅

思想多麼危險
我們差點因此被通緝

你思想：麵包。
突然產生某種
電力系統癱瘓式的能動性

有些我們稱作：群眾。
有些則叫它們：茶杯。

有些長得像馬
使話題難以迴避

最後漸漸地越來越
彼此感到面熟
像一句偈

接著折返田野
蝗群雜交歡衍

**60**

春孕初圓熟
是誰趁夜摸向南方

你走出地鐵站
尋找路標

小鎮裏建起新工廠
人們生產綠色

榆樹芽般的女人
樹根下躺著一排嬰兒

你拿甚麼餵哺
如果你停留

往西走通往碼頭
海是一隻蚱蜢
假裝自己是舵

你以為船要開了
她只是哭

整整一個禮拜
水手們大肆慶祝
關乎三月。

空酒瓶滾到你鞋跟旁
叩問有人在嗎

你躺下來
她還顧著哭

你去鎮上買菸
買一柄斧頭
代替父親

買一斤小麥
或許可以
代替母親

她想做你的家
你新漆了內牆
將手掌依次浸入：
月藍，砂銀，松子青

房間關上
你便是鎖

你是火
她是火種


**61**
透過窺視
認識更多朋友
發自善意地握手
交換領結
摩擦額頭

擦掌頓足，四月天
我們失而復得之物：
熱。

但傍晚的熱多麼熱
像湯匙的碎隙
糯糯流下的一滴蜜

另一座小鎮
另一個晚娠的東方
另一齣體現不倫之美的家庭劇

銅鏽爬上眼皮
小屋裏舉行祕密聚會
察看日曆：
星期三
宜酒宜賭
宜觸摸

摸到第五圈也
還是半吊子
那女子背脊發癢
珊瑚般的疹粒
恍若置身海底

她低眉巧笑
肩背頸臂挨得那樣緊
必要時
從窗戶小解

這禮拜還沒完
還沒有真的到

熱的時候
你就來了
帶著行李

這麼善雨的
四月
這麼溫涼的
磁磚地板

抬頭看鐘
時間剛好是
現在

現在挪動臀部
換另一張椅子
輪流抽菸

濾嘴是新捲的
像手指探上
櫻桃嘴唇

賭輸的人
願意集體
為四月
自瀆

四月的陽具
是不容輕易瘻視的
國族祕教主義

像廣場
引誘鴿群等伎倆
對羽毛過敏
失去格調

那是傳統
沿革悠久
像水

掬起它
渴就是你的孩子
土地黑甜
來自父親

你要學會
放下
你學會
平躺

行李寄在車站
票券握在手心
星期五兌換

四月是門
你要穿越


**62**
星期日
新的桌子
擺上碗筷

有人開燈
數到3
等瓦斯關

碗剛剛晾上
果斷伸腕
挾起一株燙青江

綠深幾許
令你聯翩浮想：
雨。

多麼巧
今天正好是第三個
下雨天

發現了嗎
凡是三個字的
讀起來
都像謎

聞起來
也是，好比：
避風塘。

從星期二開始燉的
那鍋老鹹粥
帶來饑荒

那鹹實在太鹹
教人意想不到
像電

星期一早上
隔壁刷牙
漱口
大力

從門底下
遞來一只牙膏
善意的

磁磚地板那是
怎麼拖都抹不清靜
四月下旬，我們初初涉足
五月初

雖然是善意的
這雨

## 63

晚間潮濕，氣壓低
拿出瓷柄小湯匙
舀蜂蜜吃

蜂蜜是麥
撐起圓耳朵的割麥人
舉高網子
捉養蠟枝

打開烤箱
你聽顏色
撰構新的每日食譜

烤土司是
鴿子嬰兒羽絨裏的那種粉
花生是土莖蔓生的那種紅

凌晨給我們龜殼青
凌晨四點十五分
剛剛睡著的你
是眼球畏光那半邊的卡其白

夜裏
我餵食你聲音
如果你要

你要，我便開口唱
有些歌是石頭
五月代理孕母
俯身貼伏石頭河床

有些則是紙
適合寫最短的句子

雨停前你做了夢
我看見一圈薄荷
你眼睫間綻放

像一頭羊
在罌粟田
發生第一次走失

偷窺是多麼好的美德
如果你也要

雨天淋浴
比以往更傾向於
身體的微型革命

身體啊身體
多麼善良無欺
當你堆疊我
從現在起
交換位置

像一棵闊葉木
在田野中央
裸露少年龍葵般的心

我們繼續前進
背包丟在草場上

**64**
一時失手打翻半罐柑桔蜜
從前額葉
冒生一株甜腫瘤

事物的形狀
使位置顛倒
從萬花筒的碎趾瓣
想自己的臉

五官的反面稱作
過敏
援引鼻腔
變奏共鳴
使用C大調

眉毛塗上顏色
然後數數，第七下
張開眼睛

瞥見一面薄紫旗
春光更緊張一吋

迎風高高擎舉
搖動兩根手指
約莫相隔十公尺
抬高下顎報信

時鐘壞了
但鐘樓還在
我們停步
脫掉短靴

你問現在該
幾點鐘了
但那重要嗎

並肩坐著
叫作陪伴
並排躺下
則是流沙

擁抱是留
擁抱是
不留


## 65
彎腰是請求
你從櫥櫃拿出一只花瓶
中世紀灰琉璃

最好用灰色裝我
最好只用一管顏料
創作風景畫

畫框內一名裸體婦人
手持一顆糖漬蘋果
此景名喚塞尚

那不是你最好的作品
清晨六點鐘醒來
嗑壞一枚核桃
吐出殼渣

一只爬藤灰
琉璃厚雕
舊花瓶
坐得很近
緊靠餐桌

桌布是
雨滴花紋的
變形蟲圖案

真醜。你說
今天早上的煎蛋怎麼
老成這樣？

於是比預定的更早出門
闖入市場
捲走一捧橘百合

到家之後
有人主張
養黃金葛

下雨之前
你覺得
每片葉子
都包藏禍心

你不斷，不斷開門
離開，將鑰匙藏匿於
隔壁街區的派報所

以逾期的戰時消息
交換粗麥麵粉

群眾鼓譟
以癢易癢


**66**
20：11
屬於龍舌蘭
20：43
改寫鹹橄欖

走到街上，點閱
第五個陌生人的門廊
這人忘記開窗

你伸手觸碰石階
赭紅色石面光滑
猶如必要之惡

三十歲的丹寧褲
臀部、反摺、雙口袋
懷錶如心，兀自低語：
我餓。

褐眼睛的女郎
攤開自己
像一幅撒野潑墨畫

杜松子對飲
波本威士忌
在胃裏靠近
城市像少年
新鮮而堅硬

華氏44.57
鐘樓響徹聖母院

酒館準時打烊
無人例外倖免

21：31，你離座
走開調淡琴酒，走開
熱狗麵包
美式足球

0：1的無聊並不大於
凌晨03：03

你屬於自助洗衣店
彼處溫暖明亮
濕潤含光


**67**
過了很久
才折回去
輕輕敲門

那婦人
紫藤腰肢牡丹面
倚在楣上
淘米

米剛收割是麻雀肚的粉
門後有人早起開灶
一家子五口人
終年喝著蘿蔔紫菜湯

防火巷內炊煙升降
太平山下姐妹花

高領腳繡珠旗袍
點報當季災情

她們是罷
是樑下塵
你於是明白

半夜喝著燉凍豆腐
銀鑄鑲貝裁紙刀
割斷字的喉嚨

誰在遠方失眠
一整夜
結膜滲出黑色血花

六月半，西曬正烈
路上行人紛紛解開鈕釦
汗水滴落黃泥地

老人說
這季得收成
他搖扇、燉茶
滾跳一鍋肉餃子
像女兒她小小的乳果

正午時分
百無聊賴如黑狗
腳爪踏點一路緬梔花

這是旱哪。愛人說
我們握緊手心
忍住一生
衰靡

## 68

我相信事件自有其
比較好的那種說法

彷彿身在隊伍
等待領受自己那份飲水

握緊水龍頭
得到一點
物質
儘管那是
鏽的

你執迷於：
「開啟。」
鑰匙，入口
輸送紐帶
沙丁魚罐頭

蕃茄醺爛
黃昏下
自行車自行鬆脫
人行道人行蟻走

你亦熱愛：
「雙關語。」
教你選擇
一枚銅板空中翻轉五圈半後落地
挑另外一面

比較溫暖的
比較年輕的
鴿子們
在黃昏的枝椏間
產下嬰兒

你神往：
「輕盈。」
一切勇於脫落地表的分離主義

那是春天來時
一個民族
脫下部落母親編織的七彩蓑

語言的流蘇
恆久的圖騰
在一張臉上
初次變形

有人笑
你要這個
也許不要

我褪下乳齒
山巒褪下
月經褪下
腳踝褪下
身體

子宮，與藏匿其中難以分解的
諸多可能
像綴生三胞胎的
花字複寫體

我有三次機會
誘引獵物靠近

但我願意受孕
我極願意受孕

你填裝切片鳳梨
使我們初次意會：
「汁液。」

一份又甜，又熱的禮物
在喉嚨裏
像渴

你包裹我
心底甘願
感覺好過

你舉起我
你要這個


**69**
你行經草原
七月啊愛人婉轉啼
彷彿赤腹鶇

你住得遠
我們親熱
得翻山翻海

七月是動
是碧針密鉤的海
胯下隆起半稜翠色

切勿寫信或
耳語
對陌生人

也不可以

更換名字
走向野外

七月適合
釀酪
七月是不動

你經過赭色的樹林
他們說那是：
縮小的水

連水也不能喝的
長路上
你換穿麻編慢跑鞋

我的家在草原上
從地圖右前方往南
移動五個比例尺

抵達五歲時住的那間樓下
試著按電鈴
報出名字

孤僻的朋友住在七樓
一方小陽臺
養話養盆栽

拿一盆天竺葵
晚餐前讓你帶回去

另一盆薄荷葉
他要自己留下

晚上八點的
皇后大道大路三段
九層公寓頂樓
有人探頭，往外

給予餐館前的遮雨棚
一點裝飾

皮鞋拓出橢圓形水漬
蠟封一枚
瑪瑙樹葉耳朵

這雨下
這雨還在下

**70**
開門
從門縫間
轉眼窺視

這樣子的事
好像是上個白堊紀了

換句話說
當你還是恐龍
我就認識了你

一起前往最高的山頂
挖個洞獸著
生小孩

我嗜肉
心情不好
脾氣暴躁

再換句話說
那時你已開始
褪下角質層

當我們還是獸類
生活非常簡單

水與草
就接近快樂

究竟是隕石才能
還原物種
或者火？

你也從不避諱
退化，甚至
擁護某種橫軸推移的宇宙生成

所有演進論者
都是素食主義


**71**
八月
從庭院搬來
一把櫸木梯子

踮起腳尖
爬上去
採番紅花

刷洗陶土鍋子
為某個人燉湯
搞得自己像一株九層塔

乾脆也放進去
一起燉煮

撈起半勺軟金
攪和脆銀
餵給自己
暗暗歡喜

感覺快樂就知道了
某些紅
是無法避免的

抽菸的時候
喝完水

擦乾嘴巴的
時候

像狗在海邊遺失了
鹽的晶片

那些鹹其實
也是灰
像薄荷

甚麼事都不能再改變了
像一場雨
淋濕地面
留下證據

你得到她
患上一種半夜
猛發
性咳嗽的症狀

百合球張開嘴唇
露出一點米麩澀

從裏面
舔舐自己
此刻感覺
近乎辛辣


**72**

成年以前
送給自己一具
冰河幼兒的
新身體

在冷裏面
一切都將被
糖霜治癒

譬如——宿醉
再譬如說——
尼古丁

生病的日子裏
我們互相告誡
菸是抽太多了

挑剔你的伴侶
像花著時間非常專心
照著鏡子

九月初旬
彼此提醒：
萬眾牽羊
生靈迴避

談到竊取
常常只是
借代法

像床頭的時鐘
在某些時候靜靜地
移去二樓

費茲傑羅的
隔壁
或卡夫卡
後面

如此便構造了
錯位接吻這類的
溝通形式

或者也試驗
當街攔下陌生人
向他借一本
法語字典

他的慣用修辭
就成為其他人也喜歡的
課餘運動

第5頁——
「你的日蝕無意阻擋我的黑子。」
——第3段
「請給他來點兒巴巴萊姆酒蛋糕。」

如此友善的句法結構
不得不介紹彼此認識

宇宙的索引學
隆起珍珠土坷

在掌心揉著
慢慢
搓出一頭鴿子

像一墩墳
養出茉莉

貪圖遊戲的初秋清晨
畢生誤解往左挪兩吋
對齊肩線

與浴室和解
關於磁磚與運數的問題
你要櫛瓜綠
還是胡桃藍？

聚會結束後
兩個人面對面
坐著，就像「：」

跟在他的黃襯衫
後面，走回家
更接近「；」

## 73

彷彿是奪火的少年
十七歲
強銅熱鐵
意氣逼人

從風中握住自己的短刃
琥珀裏的母鹿
鷹翼下的雛妓

你總是睡在黑色的草裏
獵殺——獵殺者彎屈膝關節

九月精壯
體魄健康
肩胛骨刺出長翅膀

這個部落嗜飲生羊奶
收集積雨雲的扁種籽

雨呢則是意料外的體膚接觸

值得挑管菸斗
仔細拆卸

雨像乳房
女人的秋天身體
羚羊伏進獅群的眼睛

一千匹柏布馬結隊疾馳
短棕硬蹄敲打七月心臟

稚年的心是赤脈的原石
出產珍珠與鑽石的脈地

腰繫椰心黃寬裙的母親
奔出廚房後門疊聲呼喚：
巴西。巴西。

九月無風
宜無人居
一雙牛皮涼鞋踢踏走遠
一籃新鮮紅毛丹傾倒在階梯上

**74**

午後眾聲鳴放
穀生晦藍
黃土生青煙

南邊的旱田裏
一個人讀著麥子

讀至字粒金熟
她來喚你——
回家，烙餅，滾餃子

此時便覺得她是
一本好生字簿

你寫：烏鴉吃。
翻一頁又寫：
我要。

洗澡盆邊
她便是一把老琴
兩腿裏纏一塊軟黑絲繭

你想爬，她便是樹
木瘤破開一顆大瘡
流出琥珀

十月
伸出舌頭
舔住一頭土蜂
她掰平手指，勻香灰──

學步前，註定有劫
四肢併作二肢
三噩運八劫數

她連揹帶哄
腕上抖索一串骨瓷珠
滾碎一地檳榔雪

你學會順從，為那包
麥芽糖膏酥子餅
她藏青旗袍
繡花領

廚房紅磚炕旁
她洗一把青江
燉一鍋老筍湯

像用一劫過完一輩子
你坐著喝甜粥
她攤平你，疊砌自己
補襪兩三花針

## 75

關上窗
陰雲剪翳，羽毛邊
一點時光
蘸附手掌邊緣

水晶螞蟻熱心交換
步足，趨起群聚
融調流溢
一小窪

雨後餘光
留予你指認

等等老了以後
帶她走入房間
隨手拉閉窗簾

十月中年
是一對蜢綠夾克的異邦兄弟
站在你門前問路

那條路，那里野地
那只銅繡雕花舊信箱

你表現拘謹
或慷慨回應

也就是這世界僅能給出的所有
慷慨與拘謹

你經過一處巷口
晚春濕溽，構成迷宮

晚苔不言，使霧
自成蹊徑

你前來借道往別域
暮夏的無歌的我的心
暮秋的無歌的我的心


**76**
星期一六點鐘
對準鏡子
繞纏直紋細領帶

手指插入口袋
就蹲成一臺
老販賣機

你擁有
九百種適宜
猶豫
的情境設計

附贈一個街口的
閃黃燈

十秒內必須決定
走或者
不走

決定
有時候是好的

像星期二晚上
為自己買菜
燉粥

星期三
對街一家小吃店
掛上綠色霓虹招牌
上面寫著：「純」

你望著那字
被塑膠滿足

星期四的降雨指數
趨近夸克

而碳多麼平等

擁有火，同時也能
選擇木

一萬粒鈦合金螺絲
分別擁有
十三種螺旋狀人格

說好一起迴轉
星芒狀的楔尖
頭頂朝下

星期五
你賣傘
隨雨附贈梅心糖

只有皮鞋例外
你已經不想要
再洗一條褲子

你秉持公平交易
誠實找零
童叟無欺

星期六
一千個鋁製齒輪
從咽喉深處
發出嘆息

星期日
有人經過窗邊
沿街叫賣


**77**
是誰率先從市場抱回一盆薄荷橘
沒有寫下來的事情紛紛掉進茶碗

那人氣虛體寒
燒了壺水待飲

小陽臺前發獃抽菸
看十一月，五樓天
單身女人執迷培育一筆萬苣綠

她寫：
北方雲低，即將要雨。

就這樣一路往下

直抵中旬，最深處
你決定電梯關門
萬物為你勃起

一萬顆水晶圖釘
隱沒黃昏的眾神

一枚黑尾裳鳳蝶
巧巧擦過
藍絲絨的深景

她顫抖
輕輕攤平晚暮的翅翼


**78**
老去以後
換一個房間住

添購一具身體
和他親愛相處

祕密交換禮物
交換手肘、膝蓋
孔雀丹和香草籽

第二次有人建議
應該更經常交換：
隱私的
濕潤的

譬如細菌，羽毛
譬如雀斑，帆船

接著交換抗生素與瓷湯匙
他們愛得太久像是一塊水銀
在某個晚上偷偷擰成了膠

要怎麼從文法辭典裏
辨認出最逼近你的那條例句？

或許總有一點辦法
譬如在陌生的下午
尋找一個穿靴子的男人

指認他手臂杏形的胎記
像一年內張貼一百份尋人啟事
終於領回你走失的小孩

可是已經都沒有用了
只好約在別人家門廊
偷偷交換名字和頭髮

過一段時間
又在原地見面
握手，碰碰對方的臉
練習發音

決定一起做些甚麼
來到花市分別
捐養三盆複葉植物

一起晚餐
但要分別在麵包上
塗抹奶油

在自己的湯碗裏
灑一撮粗粒黑胡椒

如此一來
似乎可以好好生活
夜晚一起躺在床上
交換涼被，掩著臉孔

從被子底下伸出手掌
偷偷握住
隔壁廚房傳來燒水的單音

黑暗裏
他輕聲說：
Partir, c'est mourir un peu.[10]

**79**
有沒有更好的方式供我們實踐
「自我要求」這件事呢？
譬如十二月忍冬
譬如一月葛，六月雪

---

[10] 法語：離開即正在死去一點點。

清晨醒來，將自己
垂直嵌入浴簾縫隙
以赤裸的腳底
聆聽時間的警語——

　「明日是明日的城垛
　　今日是今日的墟池」

而昨夜呢昨夜
我們早早上床睡覺
夢裏激動揮舞雙手連聲詰辯關於

鑰匙與鎖孔
插入與被插入的
互動式情感關係

將一切默記於心
在夢裏被陌生人暱稱為他的
土耳其小甜餅（我的Baklava[11]）
不知情地走進同一家戲院
觀賞一部法語片

你在第6排第3號座位靠走道
我在你後面第11排第7張扶手椅
分別穿著繫領巾的絲襯衫
分別揣著手帕抹眼淚

下一場電影的海報上
一名捲髮女郎專注閱讀一封寫在咖啡杯墊上的信
信裏只有兩段且如下所述：

　「我沒有足夠的優雅／
　　去面對可能性的死亡」
你便知道他真心願意
　「妳可以這樣受難／
　　可以這樣看我受難」[12]

我想，就幾乎接近愛罷
譬如所有神祕而不可預知的巧合
對命運困惑
對生活厭倦

---

[11] 土耳其甜點：果仁蜜餅。以層層酥皮裏入碎堅果，再澆淋糖漿或蜂蜜。
[12] 此四句引自詩人蔡琳森〈我沒有足夠的優雅去面對可能性的死亡〉。

對於不可測的事物
不可解的情緒

擎著螺絲起子細細細細拆卸
對於別無出路只得坐下來喝一碗杏仁茶的
兩人的Déjà vu[13]——
吉普賽女巫的移動式帳篷

手心緊捏著號碼牌與生日數字
再也無法反悔的地方姓氏攤在柳木桌上
像再也無法與誰交換禮物的舊鎳幣

於是我們掏掏口袋繳交了
隱晦不為人知的黨的傾向

但還需要更多
乾脆在巷口分手

回家對著鏡子許下諾言
誓言愛護口腔一如愛護對方

分別擰乾毛巾，晾乾
紅色晾乾藍色，分別
哼著歌

你除你的錨
我擦我的貓


**80**

院子裏
最後一隻裸鼻雀
留下半根草寫羽

作為海與海的句讀學
牡蠣闔閉灰鈿色的卵巢
培養新的勞動語言

你捲起襯衫袖子
解下純銀戒指，珍珠袖釦
栽種葡萄，薄荷，九層塔

嚼一把薄荷籽吐在地面
看起來就像個真正的嬉皮

---

[13]法語：「既視感」，指人面對某種陌生景物卻覺得似曾相識之感。

葡萄，從相反的兩座藤架
伸出二十世紀現象派的手指

從泥地，撮起一片碎雷
一捧酒瓶的玻璃臟器

一枚青皮籽實掉落
引發第二季的荒情

恰恰是
我和你最最靠近的時候

下一秒
一頭虎斑貓弓起腰身
拉響黃昏的不祥的弦

眼看是再也撐不久了
雨打濕詩人淺栗色的捲髮
你關上窗對我說：
那就是你的全部了

**81**

今日復雨
我點起菸，充當問候

你好嗎
你深睡
翻身捲亂半山棉被
引動對巷一隻貓

磚搖草生
形成迷局

為求平安度過一日
只好快快走完這條
眾燈之街

有許多醒
夜裏各自蹲伏一千道舊屋脊

貓像青苔
毛髮貼密
從不輕言

菸燼受潮
使滿室冰涼

我打開窗
伸長手臂捧接
一點楓皮灰

久冬故恪嗇
滿屋僅餘半燈
燈外不言之屋
芯頭寡愛之人

從指間瀝漏漫流而下的
後半生
起身細究卻
瞬間逃失

世間所有形狀
偏執不過瘦雨

我在桌前
寫幾行字
忍住自己

像雨忍住
最後一瞬落地

那是我想要給你的
那是我全部能夠的

**82**
你仰起臉
我得到暗示

像走入迷宮
就得到了光線

出途的路向
游繞森林的踝部
離開時直指為湖

那湖
水深及脛
密草織碧

你彎下腰
收揀倒影
蒐集口袋的貝石

想要你
像光嚮往光明

手背擦過手背
併著肩膀
成為同一個人

一匙葉尖的服用劑量
日光飄落地面

雪融化
袒露一點點
十二月鎖骨甜膩
一月腳踝纖細

二月呢二月他
踮起趾尖
輕輕顫抖
土壤微火

慾望是鹿
搖動頭骨
保持純潔


**83**

週二傍晚
讀見一條新聞：
一個女人飽受威脅
被她不要了的那個男人

那麼多不要了的男人
那麼多不愛了的愛人
在你背過身那面
牆壁多孔，空穴來風

牆後悄悄舉行那集會
盛大且雄壯地踏著步伐

像三月的Chacha
像四月的Rumba

你不愛了的人愛上其他的人
你們為對方的變節哭泣
一顆眼淚滴落手背

一頭善賭的雀
揀良窗而停棲

我反覆梳著頭髮
舔自己的羽毛

風情極好賣弄
像小而密集的演說

隨意伸出雙手
邀請他人加入

我吃完了蛋塔
我梳好了頭髮

檢查所有未接電話
不聽取的留言紀錄

我動手洗衣物

剪開一盒香菸
修理指甲

你踩腳像蟻
笑卻像蜻蜓

那集會背對你舉行
面容莊嚴，清潔光亮
你只想跳一支Salsa
你只想放一曲Rumba

## 84

早上才吃了蟹
下午便開始下雨

暮冥近晚，17:47
那班註定得遲降的飛機
咳咳唉唉
機尾哀哀拖沓經緯線

越過海面
被風絆了一跤

其中一半人
跟著跟蹌兩步
另一半
兀自嗑磨核桃殼

最後一人
獨自
一隻螯
挈在手裏
指骨上爬滿紅火蟻

一千個鞋面繫帶的人
走過街口
於是各自成了河
擁有石頭的面相

轉角，算命攤
一隻瞎子在塑膠棚布下
屈起竹架般的手
掐住整座城的命

有人喧著
地鐵人頭如春莓

一起五月藍的交通事故

藍色通往：柴灣
一條遇黑則甦醒的街市

但蟹還留在胃裏
豈不正像一則隱喻嗎你說

一間塵比字繁的舊書店
一根抽了便毀的雜牌香菸

你揹著
一袋，兩袋，三袋
行李

兩種語言邏輯
三套便利雨衣
七把傘

你便感到足夠了嗎？
櫛比鱗次的寫字樓
一萬尾魚身
同時抖落細小的磚鱗

但海在哪裏？
（你已離得這麼近了）
但船在哪裏？

而蟹還停在嘴裏
等待一次偶然的命題
再玩一盤飛機棋


**85**
如今我也甚麼都沒有了
只賸下妳和妳的貓咪

貓像水銀
給予一項「豢養」的詞性

六月玫瑰盛放
失去的事物像雨
一落下成為影子

勤勞擦乾身體的
那些日子啊
都過去了嗎？

像睡前赴約鎖門
偶然瞥見的一列
急駛奔走的火車

右邊第五節車廂數來
第十三面窗戶
一名男人專心看書

窗外陽光蓬鬆
七月半，金縷棉
那熱鋪頭蓋面

他無聲默誦：
「如果我們的革命是
　其他革命後再次革命賸下的
　一點銅渣連用來補蛀牙
　都不配的──」

我想問問他那該怎麼辦呢
該替那些甚麼也沒讀懂的人
想甚麼辦法才好呢？

替他們每個人配上一管菸斗
填滿印度大麻和
字母猜謎的混合物

他們便都認得自己的號碼
回到座位
相安無事
剔著牙

至於那十五個變裝成
俄國芭蕾舞團的恐怖分子
就讓他們拆組他們的古典去


**86**
用身體
推進
一億萬光年

旅途中慾望你
像火終於開始慾望
一座火星

你帶我登上陸地
離開海
和水的飛行器

你的環狀星雲
堅硬而巨大
像一隻古老的
紅色的海珊瑚

我們要怎麼為彼此的
自由意志
找到藍色的蟲洞入口
扔進八月

陸地上
粉塵彌漫
你握住我
降落

最適合養育生命的地方
如今成了隕石的湖泊

翻譯：強烈撞擊

你要我躺平
知道我是河流

河面之下
岩石像魚
逆游滾躍

一尾水母，向北
嵌入我裏面

潮濕而
陰暗的
藍色的嬰孩宇宙
握緊拳頭

醞釀一場大霹靂
爆破行動


**87**
我們的船早早沉了
你在岸上生活
打點黑色燧石

像徒手摸進
一管漩渦

摩擦更激烈的
摩擦
鑽探淡水的靜脈

你說：躺平
把自己張開

兩腿間
植一棵樹
水流出來
岩石鬆動

暫且抵達九月
九月有：一鏟小溪
一把種籽
一握土

可以好好培植
豢養貓咪
以及孩子

孩子從我的腋下鑽出
像一條金色赤裸的蛇

他出門了
一溜煙
攀上丘陵地

平坦的母親原野
我的小腹裂開
峽谷深處
長出高粱

你坐在高粱田裏
捲菸慢慢地抽

落日在肩膀上
投下影子
像一條長長的瘀傷

大地的喉嚨裏
哽著一口痰
肺囊裏兩顆太陽

## 88

你抓住一頭隕岩
一尾彗星
翻身騎上它
得意洋洋打圈子

你說：我們就要回去
你解開頭髮
你重新導航

帶著我們的小孩
我們的貓
還有船

失去了海
要怎麼為我們的愛
制定錨向呢

里程數：天狼星
方向：南河畔
時序十月，芒花覆髮
掩蔽青草的墓地

無數黑子
拖沓細長的尾巴
經過橢圓形的船艙口
星塵如游魚

路過
流礆閃爍的銅色虛空
你睡著

我張開手
等一片雪
落入眼睛

## 89

之 I.
晚晚起床,披上睡袍
站在鏡子前
看一座城堡

那麼衰敗的山坡
芒草伏地

三千里白白胖胖嬰兒身
趴在墩前哭

那哭迫使
磚瓦搖落，齒裂毀牙
雪下來
覆頭蓋面

牆面，九重葛，十一月
密劃漫爬像一紙散髮的符咒
正值青春的洗衣奴
封印石牆的心口

她伸長蒼白的雙臂
向鐵製的夕陽
晾一件絲質褻衣

## 之 II.

更遠處，草原的盡頭
一口井
匍匐嘔吐

坐在馬桶上像一尊
昨日的王

鎮定自若，放力
指揮一座
石灰河脈圍繞的國家

蚊蚋綴其髮叢
是為絨毛翡翠王冠
菸垢飾其雙頰
黃土高原
胭脂劫

下午──慵慵醒來
套上拖鬚牛仔短褲
光腳踩在磁磚地面

繞著房間重重踱步逡行
三圈半

就算巡視了一遭領土
斜叼一根菸
揚揚得意
舉著菸灰缸
打那老蒼蠅，唉蕭邦

之Ⅲ.
本日清點傢俬：
電鍋一只
香菸半盒
塑膠裸女打火機三個

明天──下雨，不宜出行
宜入室，獨居

蹲踞一張二手和室桌
一方全彩麻編地毯

心有所感
蘸半碟醬油
兩口饅頭
提筆急就：
「我等生而無用」

無用之人
啃其麵包
啜其熱牛奶

瞪著鏡子
看自己抽菸

兩團白襪子
兵疲馬困
一個人

**90**

時間是露
深夜發生的愛是短促生長的藤

再也不能反悔
所有勇敢的隊伍
各自錯過採勘的時機

在漂流與漂流之間
重複這次與下次的重複

十二月，總有一個人登陸
將他的旗子深深插入
宇宙銀色的私處

其他人留下來補充水分
交換新鮮氧氣並繼續討論
光照之地
皆為謊言

此時有電
肋骨像苔
俯貼地面

雲層探出合金手指
攀觸雨水的螺旋塔

你的心是旱了許久的曠野
中央城市
鋼弦煅鑄

火災衍生輕音樂
石頭城垛
就是身體

你從塔尖最高處墜落
形成柔軟微密的礦脈

一頭蝸牛揹著霧的影子經過
像某個很久很久以後
終於被實現的預感

無數飄雨的冬日清晨
你是我背上最明亮的廢墟

後記‧詩手記
# 細如琴弦

　　這段時間感謝你的承擔，我（幸運但也懦弱地）避開朝九晚五的俗世規矩，擁有充足的餘裕寫字。每週七天，其中一、兩日，早晨，你出門卜班後，我挾一本小說走到早餐店，點一樣的食物（玉米蛋餅配香煎抓餅搭熱紅茶），整整一年從未更易。

　　晨光賜我免除恐懼，夏宇、零雨、駱以軍、村上春樹、錢德勒、卜洛克、湯瑪斯、舒茲、約翰‧班維爾、波特萊爾、赫拉巴爾、孟若……詩人，小說家，失敗者，漫遊狂，某些早已熟爛如多年老友，某些則新鮮如早市果點。

　　習慣點一根菸，花幾分鐘，坐看或陽光明媚或雨雲氤氳。我以為生活規律是自主療癒的藥帖，起先，尚勤勤懇懇赴市場或超市，選揀你返家後的晚飯食材、香菸與飲品，再則擦地洗衣、整理床鋪、雜事完畢，已近中午，整個下午，便枕著軟墊，盤腿坐在已陪伴我約莫三年、不知尚能苟活多久的levono前，期間不時起身伸展肢體、點菸喘息；隨著天光漸漸

褪去，我開始漸增焦慮，頻頻滑臉書，直到你說準備下班，我說路上小心。

　　這一年，我們輪流解衣下庖廚（說是廚房，不過是方露天小陽臺，陽臺上堆著我們自己選購的電鍋、烤箱、白米、廚具與形形色色調味料罐），燉湯炊飯晾衣抽菸，偶爾菜葉或肉骨不小心落到樓下遮雨棚頂，我們屢屢爭執又屢屢言好，日日分別又日日重聚，更何況苦與難，總是比甜美比和平更輕易更頻繁。

　　記得初搬來 L 區 D 街時，隨著蝸居此地的上班族們紛紛驅車駛離這繁攘庶民區，我則看見以往仍在當小上班族時未曾目睹過的俗世風景：男男女女拎著菜籃，嚷嚷著一把十元菜葉新鮮，而我側身其中，儼然是年紀最輕的一員，許多店家喚我「妹妹」。有時，我偷偷騎駕你的機車，前方龍頭沉重得我甫踩腳架便如老嫗歪倒，總有好心的賣菜阿伯前來幫忙，甚至使力推轉車身，扯開嗓門笑喊著「真沉喔！」這是獨獨僅我見識的寂寞與熱鬧，越吵雜越擁擠，就越寂寞得要死。

　　跨越新舊之間那條細如琴弦的邊際線，從深夜到日出，這些可愛可憐的風景人事，都成為我書寫時翩然降臨的幽靈。他們或蹲或站，抽著廉價香菸，粗魯地吆喝、調笑、爭吵，那麼突兀，那麼粗魯，不合時宜，轉眼散逝。

　　這首詩出版時，我們早已搬離 L 區，將身體嵌入另一座疏製濫造的水泥孔窟，我們有一間小廚房，可以堆砌更多醬料鍋

盤、累積更多苦鹹氣味。你努力嘗試在陌生境線內推動輪盤，勉力運轉繁冗日常。但遷往陌地的過程是一場太長太混亂的逃亡，一落落箱子封存又拆開，一批批物品堆疊又分離，失去一些風景，失去一些關係，新的名字新的面孔，毫不容緩地進駐替補……

但總之，我的詩裏總有 L 地的影子，及這彈丸之地的濕濘氣味。最後，我（即便彷彿無此權力卻還是想）將我渺臺的文字與微小的書寫靈光，全部獻給你，像剖開胸口掏出臟器在你面前一一點閱，接著一股腦推向你鼻尖。

謝謝蔡琳森，你跨入我生命的夜街，乾脆地接手我的執拗與偏傾；你帶來這首逾四千行的長詩，要我有力氣自己往前走。

我們會一起拖拖磨磨地變老罷，有一日會親眼看見屏東東港不老橋罷。

最後只願你信我，我能給的已經是全部了，這首詩也許能為我們多留住一點甚麼，例如第一次踏進你的房間，一起牽手走過那街；例如夏日晚風，陌域森林邊緣的一記吻；例如雨裏曾有吉他響起。

跋

# 在世界這座摺壞又攤開的紙迷宮中相遇

(註：出自《你是我背上最明亮的廢墟》之13) ——記我認識的崔舜華

◎羅珊珊（九歌出版社主編）


你是新晨之霧
玫瑰花蕚之子
百里香的祕教徒

遠遠聞見你來
芬芳如往昔
像我心底最濃稠的病

若你是藥
我便是金
包裹你為某人甘心吞服
撥弄他體內細風捻繞的弦線

——《你是我背上最明亮的廢墟》


舜華寫詩，我不寫詩，至少，許久不寫了。

舜華請我為她的新詩集寫序，我喜歡她的詩，但我說，找我寫真不合適呀。我要她再想想，但還是忍不住點開了來信的附件，先讀了她的詩。

　　題獻頁先跳了出來──「獻給蔡琳森」，是啊怎麼沒想到，這不但是一本閃亮亮的情詩（無誤），而且是一讀便令人欲罷不能、逾四千行的長詩！

　　我有點改變主意了，認識舜華，因為琳森，自此這對才氣縱橫的小夫妻便為我的生活帶來一些時而無厘頭時而詩意的樂趣。我著實比許多詩人、詩論家都更無法評介舜華的詩，但或許我可以來說說我認識的崔舜華，以及據說堪稱這千行長詩的謬思──另一位優秀的年輕作家，蔡琳森；當然還有這本集子帶給我的一切明亮、頹廢，以及無以名狀的感動。

　　琳森是我的前同事，除了跟編輯相關的各種狗屁倒灶事，我們的話題經常會出現舜華。有一次我跟他說，怎麼總覺得舜華很面熟，啊想到了原來是很像表現主義派畫家席勒筆下的女子，琳森大驚回我說，他也曾這麼跟舜華說過。我仔細想想，除了那一身帶著神經質的纖細骨感，還有某種總感覺微微傾斜、絕不與世界妥協的眼神和姿態，令人過目難忘。

　　舜華是如此清瘦，卻也如此熱情（很難想像那樣單薄的身子裡有那樣大的熱情和創作能量不停燃燒）。第一次見面，那是她最害怕的黃昏時分（後來才知道），還好蔡琳森下班了正要攜她返家，她顯得美麗、安定，並且馬上握著我的手，告訴我他們都好喜歡我。相識不到一個月，見過短暫的兩次面，她便在路邊寫詩贈我。她用臉書訊息匣傳來她拍下手寫在筆記本上的十三行詩句，一邊告訴我她正在等一個被延遲了的工作會議如何感覺煩悶。那些詩句如此美好：「妳的心是丁香花／擁有

夕陽裡Ａ小調的氣味……」，我幾乎要像蒼白少女被摩登少年告白一般地怦然心驚了。但更大的震動是，這人，怎麼能在這樣的空檔裡隨手寫詩！

後來，崔舜華又成了老崔（好友們對她的暱稱），老崔偶爾託琳森帶來各式小糖果、小石頭，或者她「討好」婆婆多凹來的好吃茄冬雞給我，偶爾我們聚在一個三人的line群組裡，胡亂說著垃圾話。

他倆大多時候像對天真爛漫的小情侶，最像夫妻的時刻是看見琳森打開舜華為他親手做的午餐便當並且拍照上傳臉書，相信那也是琳森每日詩意的重要來源之一。他們不生小孩，不養貓；因為他們就是彼此的小孩，和彼此的貓，竟日追逐，互咬尾巴，或者就這樣邊吹著口哨邊「你除你的錨／我擦我的貓」。

他倆兩小無猜，口沒遮攔。時而大小事向我報告，誰做了惡夢，誰拉了肚子（這兩人腸胃不好，常得搶著上廁所），或者東京之旅帶回來的花柄浴衣，回家換上立刻傳照片給我看。偶爾在被他們逗笑的同時，想起那個《波麗露》時期的女詩人崔舜華，是那樣一只「銀色的幽靈／纏繞每一個黑甜夢境」（〈一生〉），彼時我仍不識其本尊，再看看眼前這個因為社會事件而激憤飆罵髒話的老崔，倒是奇妙地完全沒有違和感。

跟舜華愈來愈熟識，對她的印象卻始終是跳躍式的：她嗜甜，嗜糖果。喜愛香菸和明太子。厭恨黃昏和虛偽的政客。

　　她迷戀石頭、撿石頭，也畫石頭。如果不寫詩，應該很適合當個龐克女歌手。

　　她的詩裡色彩斑斕，而人也是。見過她幾回，就很難忘記那些鮮橘色飾著巴洛克花柄的長裙、豔黃或芥綠的罩衫，或襯著她好看鎖骨線條的亮紅洋裝。如詩人夏宇說，「寫詩的人最大的夢想不過就是把字當音符當顏色看待」，舜華寫詩駕馭顏色，彷彿伸手召喚心愛神駒般慵懶寵溺且毫不費力，那麼些跳躍著不同色號的詩句並非僅是駢麗之辭，而是巧妙燃引出生活氣味，及深深情感。

　　白天你是一盆杜鵑綠
　　再沒有甚麼更逼近快樂

　　你剪下紅色
　　你收集果殼

　　此刻蹲在陽臺邊抽著菸斗
　　接近一種腎蕨灰

　　是啊，沒有甚麼更逼近快樂，這彩色歲月多麼靜好——在這闋長詩之輯一，展開他們的「地表生活圖輿」，也是他們惑人的「交錯於45巷的神祕主義」。

　　讀著讀著我放不下來，就像是一部永遠看不膩的法國電影，不知怎麼想起最近翻著夏宇翻譯的楚浮電影原著小說《夏日之

戀》（亨利－皮耶‧侯歇著），其中有這麼一段，被居樂和儁同時愛著的凱茨，為了向多話的愛人表示抗議，三人散步的途中竟突然脫下手套、丟下手提包，往塞納河縱身一跳，隨即又若無其事地跟跳下來救他的男友說，快幫幫我，我的衣服讓我不舒服。是啊，那樣美好的、可以縱情任性的夏日一再重來，哪天詩人舜華如果做出這樣的事，我可一點也不會驚訝，畢竟她就「像仲夏的海天／褪去一行句子／立刻動身追逐／下一行句子」。

而舜華追逐下一行句子永遠比季節更快，甚至比浪更快。舜華寫詩極快且豐饒多產，靈感總如華麗噴泉，除了見識過她在路邊等人空檔信手成詩的超能力，看她往往一月見刊好幾首詩的頻率更可窺知，未拿出來發表的不知還有多少。僅一年多時間，她努力生活、振筆寫詩，如同日夜疾行軍，很快又攀上另一高峰，千行情詩蜿蜒瑰麗，讀來一氣呵成亦如壯盛的進行曲，儘管《波麗露》已經如此可人，相較之下原來更近似一桌初初挑動味蕾的美妙小點。

長詩來到輯之二──「你如何成為一種幽靈式的抵達」，記憶與愛恨如魂靈般閃爍出沒，時間如巨大廢墟，在那兒，「白髮乞婆吟唱海妖之歌」，時而感覺虛空危疑，不信光，也不信神，愛與恨一般強悍，即使詩句多數芳香甘美，有時心一橫，遂變絕決苦烈，「最最親愛的日子裡，寂寞比我的心更冷更堅硬」。

除了詩中濃密叢集的各種瑰麗意象，我也喜愛她詩中獨特悅耳的音律性，諸如：「你是承載／我是危樓／／你是微光之舟／我是霧中水流」，或者：

你睡著了像蜜蜂
吻起來像鹿

像一條河
流了很遠很遠
才祕密挨近我身邊
靜靜待著

這裏有床你躺下吧。
這裏有路你就走吧。

　　即使偶有憂懼傷感，也願意為了那人成為火，「我撫弄最後一只打火機／銀的脊骨／鐵的臟器／風的血／／我把打火機遞給你／我把脊椎骨遞給你／我把心肝腎依序排放／遞給你」，不論甜美或絕決，都多麼適合，邊朗誦邊跳支小步舞曲。

　　當說好的不老橋出現之後，詩人讓「日常成為異度」──輯之三，也是全詩最長的一章。在此，生活感和劇場感同時上演，週日到週一，週一至週日，時間永劫回歸，戀人屢散屢聚，渴望彼此，「想要你，像光嚮往光明」，當中且嗅聽得到市場與街肆的煙塵氣味，人聲沸沸。甚至我尚未熟識舜華前便熟悉的「老崔便當」也以耽美且親愛的姿態若隱若現，是那麼歡快辛香：「打開烤箱／你聽顏色／撰構新的每日食譜／烤土司是／鴿子嬰兒羽絨裏的那種粉／花生是土荳蔓生的那種紅」，或者再戲劇化些：「踮起腳尖／爬上去／採番紅花／／刷洗陶土鍋子／為某個人燉湯／搞得自己像一株九層塔／／乾脆也放進去／一起燉煮」。

　　舜華總是如是充滿熱情，卻也總是那麼容易默默絕望。她不久前跟我說，今後可能不寫詩了。我想起她詩中偶或埋藏一種哥德式見骨的悲壯：「早知道不可能看著你白頭／就把我的胸膛讓與你／就把我的髖骨讓與你／／但我的心／我的心／就把它深深埋入那片／赤腳磨損過的草坪／／我們曾一起攜手走過的／唯一的一塊石頭下方」，或者像起初舜華寫給我的那首詩（也化作此詩集中的一小段）：「親愛的還是就這麼算了吧／我不過是某個帶行李的人／腦海中偶然興起／一趟短途旅行的念頭／／他與你擦肩而過／此後再也走不遠」，感覺微微不忍。我也想像著他們那個在陽臺上的小廚房，他們在其上「燉湯炊飯晾衣抽菸，偶爾菜葉或肉骨不小心落到樓下遮雨棚頂……屢屢爭執又屢屢言好，日日分別又日日重聚」，那裡不久前已經隨著小夫妻搬遷而走入歷史，新家的廚房更新更好，老崔卻因為開始上班而鮮少下廚，「親愛的便當」，也暫時成為掉進時光罅隙裡的一處廢墟。我不由得跟著感傷起來。

　　好罷，就這樣在他們的廢墟樂園裡，我試著徒勞地用文字留下一點甚麼曾經來過的證據。我祈願他們將如舜華在後記裡所許：「我們會一起拖拖磨磨地變老罷，有一日會親眼看見屏東東港不老橋罷」，我也祈願，詩將永遠像她的初衷，能多留住一點甚麼，能多讓甚麼不夠好的變得更好一點，能一直「走得再遠一些／越過一些盡頭／再抵達另一些盡頭」，他日待我們都能正確翻越現世這只摺壞了的紙迷宮，再在某個更明亮的廢墟上重新聚首吧。

國家圖書館預行編目資料

你是我背上最明亮的廢墟／崔舜華著. --初
版. 一臺北市: 寶瓶文化, 2014. 09
面； 公分. 一 (Island；229)
ISBN 978-986-5896-87-4 (平裝)

851. 486 103018412

island 229

# 你是我背上最明亮的廢墟

作者／崔舜華

發行人／張寶琴
社長兼總編輯／朱亞君
副總編輯／張純玲
資深編輯／丁慧瑋　編輯／林婕伃・周美珊
美術主編／林慧雯
校對／賴逸娟・陳佩伶・劉素芬・崔舜華
業務經理／黃秀美
企劃專員／林歆婕
財務主任／歐素琪　業務專員／林裕翔
出版者／寶瓶文化事業股份有限公司
地址／台北市110信義區基隆路一段180號8樓
電話／(02) 27494988　傳真／(02) 27495072
郵政劃撥／19446403　寶瓶文化事業股份有限公司
印刷廠／世和印製企業有限公司
總經銷／大和書報圖書股份有限公司　電話／(02) 89902588
地址／新北市五股工業區五工五路2號　傳真／(02) 22997900
E-mail／aquarius@udngroup.com
版權所有・翻印必究
法律顧問／理律法律事務所陳長文律師、蔣大中律師
如有破損或裝訂錯誤，請寄回本公司更換
著作完成日期／二〇一四年九月
初版一刷日期／二〇一四年九月二十五日
初版二刷日期／二〇一八年六月一日
ISBN／978-986-5896-87-4
定價／二八〇元

Copyright © 2014 by Tsui Shun Hua
Published by Aquarius Publishing Co., Ltd.
All rights reserved.
Printed in Taiwan.

財團法人｜國家文化藝術｜基金會 補助出版

# 愛書人卡

感謝您熱心的為我們填寫，
對您的意見，我們會認真的加以參考，
希望寶瓶文化推出的每一本書，都能得到您的肯定與永遠的支持。

系列：Island229　　**書名：你是我背上最明亮的廢墟**

1. 姓名：＿＿＿＿＿＿＿＿＿　　性別：□男　□女

2. 生日：＿＿＿＿年＿＿＿＿月＿＿＿日

3. 教育程度：□大學以上　□大學　□專科　□高中、高職　□高中職以下

4. 職業：＿＿＿＿＿＿＿＿＿

5. 聯絡地址：＿＿＿＿＿＿＿＿＿＿＿＿＿＿＿＿＿＿＿＿＿＿＿＿＿

　　聯絡電話：＿＿＿＿＿＿＿＿＿　　　手機：＿＿＿＿＿＿＿＿＿

6. E-mail信箱：＿＿＿＿＿＿＿＿＿＿＿＿＿＿＿＿＿＿＿＿＿＿

　　　　　　□同意　□不同意　　免費獲得寶瓶文化叢書訊息

7. 購買日期：＿＿＿ 年 ＿＿＿ 月 ＿＿日

8. 您得知本書的管道：□報紙／雜誌　□電視／電台　□親友介紹　□逛書店　□網路
　　□傳單／海報　□廣告　□其他

9. 您在哪裡買到本書：□書店，店名＿＿＿＿＿＿　□劃撥　□現場活動　□贈書
　　□網路購書，網站名稱：＿＿＿＿＿＿＿　　　□其他＿＿＿＿＿＿

10. 對本書的建議：（請填代號　1. 滿意　2. 尚可　3. 再改進，請提供意見）

　　內容：＿＿＿＿＿＿＿＿＿＿＿＿＿＿＿

　　封面：＿＿＿＿＿＿＿＿＿＿＿＿＿＿＿

　　編排：＿＿＿＿＿＿＿＿＿＿＿＿＿＿＿

　　其他：＿＿＿＿＿＿＿＿＿＿＿＿＿＿＿

　　綜合意見：＿＿＿＿＿＿＿＿＿＿＿＿＿＿＿＿＿＿＿＿＿＿＿＿＿

11. 希望我們未來出版哪一類的書籍：＿＿＿＿＿＿＿＿＿＿＿＿＿＿＿＿

讓文字與書寫的聲音大鳴大放

**寶瓶文化事業股份有限公司**

（請沿此虛線剪下）